神スキル『アイテム使用』で異世界を自由に過ごします 2

雪月花
Setsugekka

Illustration
にしん

目次

登場人物紹介
CHARACTER
イスト
古城で暮らしていた
変わり者の魔女。
賢人の異名を持つ。
ファナ
未知の世界から
やってきた、
額に角を持つ
不思議な少女。
安代優樹《あしろゆうき》
元サラリーマンの青年。
アイテムを『使う』と
様々なスキルを
手に入れられる。

ブラック
ユウキの眷属となった黒竜。美少年の姿に化けるが、千年以上生きている。
ベルクール
関西弁もどきの口調が特徴的な、アゼルを支配する序列第一位の魔人。
ミーナ
エセ中華風の口調が特徴的な、イゼルを支配する序列第二位の魔人。
品川《しながわ》裕《ゆう》次郎《じろう》
ユウキの仲間になった転移者。いつでもどこでもアイテムを買えるスキル『通販』を持つ。

第一使用▽魔国同盟

オレ、安代優樹《あしろゆうき》はこの異世界ファルタールへと召喚された転移者だ。

この世界を混乱に陥れている『六魔人《ろくまじん》』と呼ばれる脅威を倒すべく、オレをはじめ様々な転移者がオルスタッド王国の王、ガンゼス二世によって召喚された。

召喚された者には勇者として強力なスキルが与えられるのだが、オレに備わっていたのは『アイテム使用』という名前の、いかにも外《はず》れな名前のスキル。勇者としては〝使えない〟と判断されたオレは手切れ金をもらい、城を追い出されたのだが、実はこの『アイテム使用』というスキルがとんでもないチートだった。

というのもこのスキルは、単にアイテムを使うだけでなく、使用したアイテムの成分を体に取り込み、それに付随したスキルを取得するという、とんでもない代物なのだ。

その後、様々なアイテムを使用し、無数のスキルを取得したオレは、冒険者ギルドで受けたプラチナスライム退治の依頼がきっかけで、森の古城に住む魔女、イストと出会う。

彼女と出会ってからがまた、激動の日々だった。

暗黒洞窟に住んでいた黒竜ブラックを下して眷属《けんぞく》にしたり、王国の砦《とりで》を占拠した六魔人の一人を倒したり、まさに無双の活躍。中でも極めつきは、かつてこの世界を支配していた魔王ガルナザークとの戦闘だろう。この戦いで聖剣エーヴァンテインと魔王ガルナザークの魂を吸収したオレは、『勇者』と『魔王』などというご大層な称号を二つ同時に手に入れてしまった。

勇者失格の烙印を押されたオレが『勇者』にして『魔王』だなんて、運命とは皮肉なものだ。

さて、そんな日々の中で、オレはファナという一人の少女と出会った。ファルタールとも地球とも違う未知の世界にいた彼女を、オレのポカが原因でこの世界に呼び出してしまったのだ。

罪悪感もあってファナを保護することになったのだが、彼女の健気《けなげ》で献身的な姿はオレにとって癒《いや》しになっていった。

ところが、ファナの状態に変化が訪れる。彼女の右目には〝虚ろ〟と呼ばれる謎の黒い穴があり、どうやらこれが彼女の体を蝕み、命を危険にさらしているらしい。

そんな折、オレに取り込まれ、魂の中に寄生していた魔王ガルナザークが語りかけてきた。

奴が言うには、ある場所にファナを救う手段があるのだとか。その言葉を頼りに、オレはここ……魔国を訪れた。

そこは魔人によって支配された国であり、戦乱渦巻く魔境の地。

この地に足を踏み入れたオレ達は、早速第三位の魔人リリムと死闘を繰り広げる羽目になった。

彼女は実はあの魔王ガルナザークの娘であり、オレを試す目的で戦いを挑んできたらしい。

リリム曰《いわ》く、現在この魔国では三つの勢力がしのぎを削っているという。

一つは彼女の領地ウルド。一つは彼女の姉である魔人ミーナが治めるイゼル。そして、最後が彼女の兄である魔人ベルクールが治めるアゼル。

この三大勢力により常に争いが巻き起こっている状況を収めるべく、リリムは魔王の魂を取り込んだオレという存在を引き入れ、この戦に終止符を打とうと画策していた。

当然、オレはそんな魔国の戦乱に好き好んで関わるつもりはない。しかし、ファナを救う手がかりが納められた『封印の間』と呼ばれる部屋を開くには、先代の魔王ガルナザークから三人の子供達が受け継いだ封印の印が必要だという。

つまり、現在三領域を支配する三人の手からその印を奪うか、リリムのように手を組むしかない。

オレは自らが得た『勇者』と『魔王』という称号の運命に導かれるまま、否応《いやおう》なく魔国の戦乱に巻き込まれていくのだった。


今、オレがいるのはウルド城の会議室。

ここにはオレの他にイスト、ブラック、オレに弟子入り（？）した転移者の裕次郎《ゆうじろう》、リリム、それに彼女の側近の魔物数人が集まっていた。

今後の魔国統一に向けての作戦会議である。

「それでまずはこれからどうするのじゃ？」

開口一番、イストがそう問いかけた。

会議の主題は言うまでもなく、対立するアゼル領とイゼル領にどう対処していくかだ。

「にゃははー。そんなの考えるまでもないのだー！　アゼル領かイゼル領のどちらかに戦争を吹っかければいいのだー！　以前までならともかく、今はお父様もいるのだー！　私とお父様の二人でなら、たとえベルクール兄様やミーナ姉様が相手でもなんとかなるのではないのかー？」

ガルナザークの魂を吸収したオレを父と呼ぶ、リリムのシンプルな考えを聞き、一瞬悩む。

現在、アゼルを支配する魔人ベルクールの力の序列は第一位であり、イゼルを支配する魔人ミーナの序列は第二位。更に両者にはそれぞれ、第四位、第五位の魔人が副官としてついているという。

オレが一位あるいは二位の相手をして、リリムが副官の相手をすれば、勝算はかなりあるはずだが……

「却下じゃ」

「ええー、なんでなのだー」

リリムの意見をスパッと切り捨てるイスト。

まあ、これは少し考えれば分かることだ。

「よいか。今のように拮抗する三つの勢力がある際、一つの勢力が一つの勢力に対して全面戦争を起こすのは愚策中の愚策じゃ」

「なんでなのだー？」

「たとえば、我々とイゼル領が全面戦争したとする。結果はまあ、我々が勝つかもしれん。だが、問題はその後じゃ。疲弊した我々に対し、無傷のアゼル領が襲いかかる。いくらお主やユウキがいても、魔人を倒した直後に同格の魔人達に襲われればひとたまりもない。更にお主達だけではなくこのウルドの戦力も問題じゃ。立て続けに二つの勢力と戦争をする戦力はあるまい。つまり、仮にどちらかの領土を落とせても、その直後残ったもう片方が我々と我々が奪った領土を奪い、一人勝ちになるのじゃ。故に三つの勢力の戦力が均衡を保っている内は、下手に戦を仕掛けぬこと。これは常識じゃ」

「なるほどー！　確かにその通りなのだー！　言われてみれば私以外のウルドの戦力も他の二つに負けているし、それだと全滅するのだー！　にゃはははは－！」

本当に分かっているのかどうか怪しくなる笑い声を上げながら、リリムは頷く。

「しかし、そうなると現状では手の出しようがありませんな？　小競《こぜ》り合《あ》いでどちらかの戦力を日に日に僅かずつでも奪っていくことくらいしかできないのでは？」

と、リリムの側近の一人であるリザードマンが呟く。

「そうじゃな……大きな動きをすれば他の二つが黙ってはおらぬ。最悪なのは、アゼル領とイゼル領の魔人が手を組み、先にこちらを潰すことじゃ。これをされればウルドに勝ち目はなくなる」

イストの発言に、この場にいる魔物達が息を呑む。

確かに、オレという戦力がこのウルドに来たことでようやく、他の二つと戦力が同等なんだ。それにアゼルとイゼルが気づいて協定とかを結ばれては困る。

「にゃははは、それなら大丈夫なのだー。ベルクール兄様もミーナ姉様も両方共プライドが高いので、あの二人が手を組むなどありえないのだー。むしろ、二人共お互いを潰して、それをもってこの魔国における新たなる魔王宣言をするつもりでいるのだからー」

「そうなのか？」

「そうなのだー。私は、その後に適当に処分するつもりで見逃されてるのだー。にゃはははー」

眼中にないとさらりとカミングアウトしているが……それは大丈夫なのか、リリム？

ともかく、アゼルとイゼルが手を組む可能性は低いということか。

それが分かっただけでも安心できる。

……いや、待てよ。その瞬間、ある一つの閃《ひらめ》きが降りてきた。

「なあ、それって逆にオレ達ができないか？」

「？　どういうことじゃ？」

オレの発言に、イストを含むこの場の全員が奇妙な面持ちで見てくる。

「つまりさ、そのアゼル領とイゼル領のどちらかと協定を結ぶんだ。停戦条約を含む協力体制を」

「しかし、ユウキ様。それではたとえばアゼル領と組んだ場合、イゼルを滅ぼした後、アゼル領はそのまま残った我々に牙を剥くのでは？」

「それならそれで構わないさ。現状、アゼル領もイゼル領もお互いの領土を倒すべき最優先の敵として認識しているんだろう？　実際、オレ達もアゼルとイゼルという二つの勢力がある状態じゃ、どちらかに侵攻するなんてできない。なら、いっそどちらかに協力して二勢力の内の一つを倒した後、残った国と雌雄《しゆう》を決した方が早いだろう」

「ふむ……」

　オレの提案に話しかけてきたリザードマンは考え込むような仕草を見せるが、それを聞いたイストはすぐさま頷く。

「儂は賛成じゃな。同盟を持ちかければおそらくどちらも頷くはず。理由はそれでアゼルとイゼルの均衡が崩れるからじゃ。そして、もう一つの理由としては相手を滅ぼした後、向こうからすれば残った我々を潰すくらい造作もないと考えるじゃろう。そこを逆手にとってうまく立ち回ればいいのじゃ」

「なるほどー！　確かにそれもそうなのだー！　侮《あなど》られているのを利用するなんて思いもしなかったのだー！」

　イストの説明に頷くリリム。

　この会議室に集まった他の魔物達もほとんどが賛同する。

「しかし、そうなると問題はどちらの勢力と組むか、ですな」

「それなんだよなぁ。一応組むのなら信頼できる相手が好ましい。少なくともオレ達と同盟を結んでいる間は停戦条約を守る相手にしたいが……その場合、アゼルとイゼル。どちらと手を組むべきだ？」

　そうオレはリリムとリザードマンに問いかける。

　これに関しては魔国に精通した者達でなければ答えられない。

　アゼルとイゼルを統治する二人の魔人は、リリムの肉親でもある。

　ならば、ここはリリムとそれを傍で見てきたリザードマンの意見が信頼できるはず。

「そうですね……どちらも深く物事を考えるタイプではありますが、ベルクール様はより底の見えない御方。私もあの御方の真意については未だ分からないことが多いです……」

「あー、ベルクール兄様かー。確かになー。お兄様の思考はよく分からない上に脳内ジャミングで私も心が読めないからなー。あれは難しいのだー」

「となると、やはり同盟を組むのならあの御方でしょうか」

　そう言って考え込むような仕草をした後、リザードマンが告げる。

「先代魔王ガルナザーク様の子にしてリリム様の姉、『第二位』の魔人ミーナ・ミーナ様。イゼル領を治めるあの御方となら同盟関係を結べるかもしれません」

「うんうん、確かにミーナ姉様なら同盟にも乗ってくれるかもしれないのだー！」

　リザードマンの発言に、隣にいたリリムは頷く。

「そのミーナというのはどんな魔人なんだ？」

「そうですね。一言で言えば真面目《まじめ》でしょうか。彼女は亡きガルナザーク様の意思を最も尊重した魔人と言われており、そのために自らがこの魔国統一を成し遂げようとしています。その統一も粗野な支配などではなく厳粛《げんしゅく》な管理体制と聞きます。また仲間同士の裏切りを嫌悪するという武人のような気質も持っております。戦いも正面から堂々。このためミーナ様の配下である魔物達の結束はとても強いのです」

へえ、魔人にもそんな奴がいるのか。

聞く限りじゃ立派に王として自分の領土を管理しているみたいだな。

「ちなみにそのミーナって魔人は人間に対してはどうだ？　敵意はあるのか？」

だが、問題はここだ。

魔王の魂を取り込み、魔王の称号を持っているとはいえ、オレはあくまでも人間。それにそのミーナって魔人が人間に敵対的ならば、魔国を統一した後は必ず人間の領土にも侵攻するだろう。

そうさせないためにもまずは、ミーナの人間に対する感情を聞いておかないと。

しかし、オレの質問に対しリザードマンはなぜだか首を傾《かし》げる。

「それが……よく分からないのです」

「？　どういうことだ」

「ミーナ様は先代魔王様を慕《した》っておりました。そのため、人間に対する復讐心や恨みの感情はおそらくあるとは思うのですが……あまりそういう部分を表に出さないタイプでして……ただ、魔人達の中でも際立って人間について勉強しておりました。人間側の知識や考え方、どういった社会構造で、どういった歴史があったのか。現在の六魔人の中で群を抜いて人間に精通しているのは間違いなくミーナ様です。現にそうして得た人間側の知識を使い、ミーナ様は自らの領土にて様々な掟《おきて》や規則を作り、それによりイゼル領は魔国にあって最も安定した領土と言われております」

なるほど。人間社会の知識を蓄えているのなら、確かに厳粛な管理体制というのも頷ける。

聞く限りこのウルドよりも、そのミーナとやらが治めるイゼルの方がよっぽど住みやすそうだ。

「というか、このウルドの管理ってどうなってるんだ？」

思わずリリムに聞くと……

「にゃははー！　基本放置なのだー！　下の魔物達は大体好き勝手させているぞー！　中層以上にはあまり勝手をしないよう注意はしてあるけれど、それ以外は放任だから、たまーに人間領土を襲いに行く連中もいるのだー」

ああ、なるほどね……

とりあえず、このウルドの管理に関してはリリムよりもオレやイストがした方がマシだな。

「お父様ひどいのだー！　私はアホの子じゃないのだー！」

とそんなことを思っていたら心を読まれてツッコまれた。

あかん。読心術を持つ奴相手にやっぱうかつなことは思えないわ。

「それで話を戻すが、そのミーナという魔人は儂らが同盟を持ちかければ、それに合意して停戦協定を結びそうなのじゃな？」

イストがリザードマンに質問する。

「おそらく可能性は高いかと。ミーナ様は合理的判断を下せる方です。我々の戦力が加われば、目下最大の敵勢力アゼルを上回る戦力となります。停戦の条約につきましても先程言ったとおり、ミーナ様は生真面目な方ですので、我々と結んだ条約を一方的に破棄することはないでしょう」

「なるほど。確かに魔国において、自らそのような法や掟を作っている者じゃ。それを破るようなことはせぬか」

「ええ、ですが一つだけご注意を。繰り返しますが、ミーナ様は先代の魔王——父上を慕っていらした魔人です。人間についての研究もあくまで敵を調べるための行為。中でも魔王様を倒した『勇者』の称号を持つユウキ殿を見た時に、どのような反応をするかは分かりませぬ。その場で襲いかかることはないと思いますが、どうか慎重に行動してくだされ」

そう言って釘を刺すリザードマン。

「どうするユウキよ？　同盟を結ぶか否か。儂はお主の考えに従うぞ」

「私も主様《あるじ》の決定に従います。仮に他の二勢力と正面から戦う決断をしようとも、私は主様に付き従うまでです」

「オレもユウキさんの決定に従うっす。元々ユウキさんに拾われた命っすから、オレにできることがあればなんでもやります」

「にゃははは｜、そういうことなのだな｜。私もお父様の作戦に従うのだ｜」

そう言って全員がオレの指示を待つ。

現状のままではアゼルとイゼル、どちらにも戦を仕掛けるわけにはいかない。

かといってこのまま静観していては、ファナの体がもたない可能性が高い。できるだけ早く、そして速やかにこの魔国の戦乱を収め、ファナを救う。それがオレの目的なのだ。

そのためならば他勢力と手を組むことなどなんてことはないし、仮に相手が勇者を憎む魔人であったとしても、その復讐はアゼルを潰した後で改めて受ければいいだけ。

今は一刻も早く、この戦を終わらせるために最善の策を取るべし。

そう結論づけたオレは迷うことなく立ち上がり、宣言する。

「分かった。それじゃあ、イゼル領を治める魔人ミーナと会い、彼女と直接協定を結ぼう」

◇　◇　◇

「ここがイゼル領土か」

「ほえ～、すっごい高い壁がずらりと続いてるっすねぇ～。あれってまるで万里《ばんり》の長城っすよ」

あれからオレ達はすぐにリリムとリザードマンに案内され、イゼル領へとやってきた。

山をそのまま城としたウルドとは異なり、イゼル領は高さおよそ一〇〇メートルはある巨大な石造りの建物が地平線の彼方までずらりと並んでいる。

高さに関しては言うまでもなくウルドが上なのだが、問題は横の長さである。

というか目視できないほどにイゼルの城は広がっている。リリム曰くこの横幅こそが、イゼル領の特徴だという。

ウルドが山脈そのものを領土としているのに対して、イゼルは果てしなく長い城であり、それが領土そのもの。

攻めようにも、統治者であるミーナがこのだだっ広い城のどこにいるのかが分からないため、ある意味難攻不落の城となっているらしい。

うーむ。魔国は本当に変わった形で国を成しているんだなと感心する。

そうこうしていると、オレ達の方へと数人の魔物達がやってくる。

青白い肌で背中から黒い羽を生やした、いかにも魔族といった風貌の女性達であった。

だが、奇妙なことに全員なぜか東洋風の服――というかチャイナ服、あるいはアオザイと呼ばれる服に近い物を身に纏っていた。

「ようこそ。話は書状にて伺っております。我らの王ミーナ様に同盟の話があるとのことですが」

「ああ、オレはユウキ。現在はここにいるリリムに代わってウルドの支配者となっている。君達ならすでに分かっているかもしれないが、オレは『魔王』の称号を持っている。その上で君達の王である魔人ミーナと同盟に関する話し合いをしたい。案内をお願いできるか？」

「にゃははー、私からもぜひ頼むのだー」

オレとリリムがそう言うと、迎えの者達は懐《ふところ》から何やら護符のようなものを取り出して、それを地面に向けて放り投げる。

すると、そこに魔法陣が描かれ、淡《あわ》い光が宙を舞う。

「この陣の中へどうぞ。ミーナ様から、皆様を丁重にお迎えするよう仰《おお》せつかっております。この転移陣は、ミーナ様がおわす玉座の間に繋がっております」

そう言ってオレ達に頭《こうべ》を垂《た》れる案内人達。

予想よりも丁寧な歓迎に一瞬面食《めんく》らうが、素直に従っていいものか……罠の可能性が頭をよぎる。

「だ、大丈夫っすかね〜……この中に入った途端、オレら襲われないっすか？」

オレと同じことを思ったのか、裕次郎がそう呟く。

しかし、隣にいたリザードマンが即座にそれを否定する。

「いえ、それはないでしょう。今回我々はあくまで会談のためにここへ赴いたのです。向こうもそれを承知した上で受け入れています。自らが定めた法や掟を第一とする魔人ミーナ様ですから、我々から手を出さない限り、仮に協定が結ばれなかったとしても、その席で襲いかかるような蛮行はしないでしょう」

確かに、そんなことをすれば自国での信頼を一気に失う。

下手をすれば、そのまま敵国のアゼル領に戦力が流れるかもしれない。そんなリスクを冒すほど短気ではないということか。

「そちらの方のおっしゃるとおりです。ミーナ様はこのイゼルにおいて厳粛な法と秩序を生み出した偉大なる魔人様です。あなた様が『勇者』の称号を持っていたとしても、その場で襲いかかることはしないと我々が保証します」

そう言って案内人達はオレを一瞥《いちべつ》する。

さすがに『魔王』の称号だけでなく、『勇者』の称号を持っていることもバレたか。

とはいえ、こうなった以上、ここで逃げるわけにはいかない。

相手がどのような魔人であるか、それをこの目で確認する必要もある。

「よし――それじゃあ、行くぞ」

オレの合図と共に全員が魔法陣の中に入る。

すると、一瞬体がぶれるような感覚と共に、目の前の景色が変わる。

そこは先程までの風景とは全く違う、まるで古代中国の宮廷のような場所であった。

豪華絢爛《ごうかけんらん》な壁や装飾、天井に施《ほどこ》された模様は、まさに皇帝が座する玉座の間に相応しい。

芸術に疎《うと》いオレだが、これほどの華美に覆われた空間は見たことがなかった。だが、それ以上にオレの視線を釘付けにしたのは、正面に座る一人の少女。

燃えるような真っ赤な髪。きらびやかな中国風衣装を身に纏ったその少女は、この空間のあらゆる美しいものよりもなお輝いて見えた。

それはまさに天界より降りてきた天女そのもの。美しさと可愛らしさの両方を備えており、その

可憐な容姿に平伏する者すらいるほどであろう。

呆気に取られるオレ達を見ながら、少女はゆっくりとピンクの唇《くちびる》を動かす。

「よく来たアルな。私がこのイゼル領土を治める王ミーナ・ミーナ、アルね」

「あ、ああ、はじめまして。オレの名前はユウキ。今はこっちにいるリリムからウルド領の支配を任された魔王だ」

「なるほど、聞いていたとおりアルな。まさか本当に『魔王』のみならず『勇者』の称号まで持っているとは、な」

そう言ってミーナはオレを見定めるように鋭い視線を向ける。

さすがにオレが『勇者』の称号を持っていると一目で看破したようだ。

自らの父親である先代の魔王を倒した勇者。その称号を受け継ぐオレに対し、彼女がどう出るか。

思わず身構えるオレであったが、それに気づいたのかミーナが緊張の糸を解《ほぐ》すように笑う。

「安心するアル。侍女達に聞いていると思うが、ここでやり合うつもりはないアル。仮にやり合うとしても正々堂々、正面から戦でやり合うアルよ」

そう言ってミーナは、会談用のテーブルに座るようオレ達を促す。

なるほど。どうやら噂通り礼節を重んじる魔人のようだ。

語尾が少し気になりはするが、これならば話し合いもうまくいくかもしれない。

「それで、同盟の話アルな」

「ああ。先に書状で伝えたとおり、オレ達ウルドは君達イゼル領と手を組み、アゼル領との戦争に協力したいと思う。無論、その間は停戦条約を結んで、アゼルを倒すまではお互いに攻撃を仕掛けない。そうした同盟を結びたいが、いかがだろうか？」

「ふむ。確かにそちらの提案は魅力的アル。現状、私達とアゼルの勢力はほぼ互角アルネ。そこにお前達の戦力が加わればアゼルといえども落とせる可能性は高いアル」

オレの提案に、魔人ミーナは考えるような素振りを見せる。

やがて、しばらく思案した後でミーナは頷く。

「いいアル。その同盟結んでもいいアル」

「本当か！　なら、早速――」

「ただし、条件があるネ」

「条件？」

ミーナからの承諾を得てほっとするオレ達であったが――

「そうネ。これを呑めば同盟を締結するアル」

「……どんな条件だ？」

ミーナからの条件に思わず構えるオレ。だが、次に告げられたセリフに思わず首を傾げる。

「私の『天命』を果たす協力をするアル。それが条件ネ」

「天命……？」

なんだろうかそれは？　オレには聞き覚えのない単語であったが、それを聞いた瞬間、リリムを含むリザードマン達の表情が変わる。

「なっ⁉　ミーナ様、正気ですか⁉　天命を果たすおつもりですか⁉」

「にゃはははー、やっぱりタダでは同盟を結んでくれないとは思っていたのだがー『天命』とはー。さすがはミーナ姉様なのだー。抜け目ないというか、滅茶苦茶な協力なのだー」

「当然アル。この同盟が終われば、次に戦うのはお前達になるアル。負けるつもりはないアルが、私は万全を期すアル。この条件を満たすというのなら、お前達との同盟も喜んで結んでやるアル」

そう告げるミーナに対し、リリムを含めた魔物達は何やら悩むような仕草を見せる。

だが、オレを含めイストや裕次郎達は一体何のことかさっぱりであった。

「すまないが、魔人ミーナ。その『天命』というのはなんなんだ？」

「なんだ、お前。魔王の称号を持っているのに天命について知らないアルか？　……まあ、元々人間なのだから、そこに至るために必要な経緯を知らなくても仕方ないアルか」

オレの問いかけにミーナは意外そうな顔をしたが、すぐに解説をしてくれる。

「『天命』とはその名のとおり、その者に与えられた試練。天よりの命令アル。これは『魔人』の称号を得た者が与えられる試練ネ」

「試練？」

「そうアル。お前、なぜ私達、魔人が人間の領土を襲い、この魔国を統一するために内乱を起こしているか、分かるアルか？」

「なぜって……そりゃ人間を襲うのは魔人というか魔物の本能みたいなものだろう？　この魔国統一にしても自分が王になりたいからとか……」

「それもあるが一番は、魔人の上にある称号『魔王』になるためネ」

「魔王に？」

その単語にはオレも思わず反応する。

「そうネ。魔王になるための手段はいくつかあるネ。たとえば魔人の称号を持つ者がある一定以上のレベルに到達すること。とはいえ、これは非常に難しいアル。私もそこにいるミーナもレベルはすでに200を超えているアル。けれど、未だに魔王に到達するには足りないアル。当然ながらレベルが高くなればなるほど、次のレベルに上がるのは難しいアル。多くの魔人が人間の領土を襲い、そこにいる人間の英雄達を殺すのは、自らのレベルを上げて魔王に到達するためネ。前にお前達の領土を襲った魔人ゾルアーク、あいつがそのいい例ネ。まあ、結果は返り討ちだったみたいネ」

そうか。あれは単なる虐殺ではなく、自分のレベルを上げて魔王に到達するのが目的だったのか。

「二つ目の方法はこの魔国の統一アル。この魔国を一人の魔人が支配した時、その魔人は魔国という領土そのものに認められ、その結果として『魔王』の称号を得られるアル。だから今、私とベルクール兄様は魔国統一のために争っているアル」

「なるほど。『魔王』の称号を得るには、レベルアップを目指すより、魔国を統一した方がスムーズか」

「けれど、魔国統一も簡単ではないアル。魔人は必ず同時期に複数現れる仕組みになっていて、これも『天命』の一種と言われているアル。つまり、レベルアップも他の魔人を押しのけて魔国を統一するのも、どちらも相応に大変ってことアルよ。けれど、この二つ以外にもう一つ『魔王』になれる手段があるネ。それが『天命』ネ」

「その『天命』ってのは一体なんなんだ？」

「要するに、その者にとって〝最も困難な課題〟。それを達成した時、その者は無条件で『魔王』の称号を得られるアル。レベルアップや魔国統一をしなくてもネ」

マジか。つまり『天命』ってのは最短で魔王の称号を得られる試練なのか？

しかし、ちまちまレベルアップや他の魔人を倒して魔国を統一しなくても魔王になれるんなら、皆その『天命』ってのを果たせばいいんじゃないのか？　すると、オレが考えていることに気づいたのか、ミーナが首を横に振る。

「けれど、その『天命』を果たすのは簡単なことではないアル。まず、課せられる『天命』の内容は魔人によって異なるアル。そして、全ての課題がその者に取って一番困難なものアル。魔人によっては『天命』を果たすよりも地道にレベルアップを目指すか、魔国統一をした方が早いと感じるネ。実際、歴代の魔人達の中で、『天命』によって魔王になった者は数えるほどしかいないアル」

「で、それをオレらが手伝うのが条件だと」

「そういうことアル」

こいつは参ったな。聞く限り、それを手伝うのは魔国統一以上に厄介な内容になりそうだ。しかも、それを果たせばミーナの称号は魔人から魔王に進化する。それはつまり、下手をすればあのガルナザークと同じくらいの強さになるということ。

なるほど、リリム達がごねていた理由が分かった。

条件を受け入れれば、仮にこいつと協力してアゼルを倒しても、その後オレ達は自分達で育てた最強の敵を相手にしないとならなくなる。難儀なことだ……

「どうするか？　この条件を呑むなら同盟締結アル。無論、お前達に危害は加えないアル。なんなら、魔国統一後もウルドは独自の勢力としてその存在を認めてやってもいいアル。リリムも私に歯向かわないなら見逃すネ」

「にゃははは－、さすがはお姉様なのだ－。一応心を読んだけど、これマジで言ってるのだ－」

それはおそらく、魔王となった自分にそれほどの自信があるということだろう。

正直、その条件で手を組むのはこちらとしては色々と不安がある。が、仮にアゼルと手を組むことにしたとしても、似たような条件を出される可能性が高い。

現状オレ達の戦力では、アゼルとイゼルにまともにぶつかるわけにはいかない。

となれば、やはり彼女と組むしかないか。

幸いというべきか、リリムが心を読んでくれたおかげで、ミーナが魔国を統一してもウルドを滅ぼす気はないと分かったのだから。

「……分かった。その条件で同盟を結ぼう。けれど、その前に一つ。こちらも伺いたい。肝心の君の『天命』の内容について教えてくれないか？　内容次第ではオレ達が力になれないこともある」

「それなら安心するアル。これはむしろお前達でなければ協力できない内容アルよ」

「？　どういうことだ？」

ミーナの意外な一言に疑問符を浮かべるオレ達。

だが、その答えはすぐさま告げられた。

「私に課せられた『天命』の内容。それは──『人間の国に認められること』アル」

「人間の国に認められる……？　それは一体どういう意味だ？」

「簡単に言うと、その国に住む人間達に認められるという意味ネ。ちなみに何をもって認められることになるかは、具体的には指示されていないアル」

なるほど。人間達に認められること、か。

こいつは確かに無理難題だ。

そもそも、ミーナは魔人だ。

一般の人間が見たとしても、彼女が特別な力を持った異形の存在であると、すぐに気づくだろう。

その上で、彼女を人間の国において認めさせるというのは、普通に考えれば不可能だ。

現在の人間の国は、魔人の脅威に怯《おび》えている状態だ。そこに彼女が現れればパニックになるのは必然。

まず受け入れるという第一関門がそもそも成り立つのかどうか……こいつは想像以上に厳しいことになりそうだ。

「それでどうするアルか？　協力するか、それとも同盟の話をなかったことにするアルか？」

こちらを試すように問いかけるミーナ。

とはいえ、こうなった以上は仕方がない。

「……分かった。できる限り協力するよ」

「さすがネ。では、同盟成立アル」

ミーナはすぐさま部下に契約書のようなものを持たせると、それに自らの血によるサインを記す。するとそのサインに何やら魔力のようなものが込められ、それがミーナと結ばれたのが見えた。

「これは魔国の契約書。これに血をもって契約すれば、この契約書に書かれた誓いは破れなくなるアル。さ、お前もするアル」

契約書を見ると、オレ達ウルド領と同盟を結ぶこと、その間は互いの領土に手を出さないこと、という内容が記されている。

確認したが、他には特にあやしい一文はなかった。

念のためにリリムにサインの確認とミーナの読心をしてもらったが、何かを企んでいる様子はないとのこと。さすがにここで小細工はしないようだ。

しかし、意外だったのが契約の内容にミーナの『天命』を手伝うという記載がないことであった。

「ミーナ。これだとオレ達がお前の『天命』に最後まで協力をするか分からないぞ」

「それならそれで構わないアル。そもそも私の『天命』が本当に果たされるかどうかは分からないから、それを条件に付け加えるのはフェアではないアル。とりあえずお前の頑張りには期待するアルけど、もしもダメならその時はその時で構わないアル。それに……」

「それに？」

「……いや、なんでもないアル」

そう言ってミーナは意味深に口を閉じる。

自分の『天命』を果たすようオレ達に協力を要請しておいて、それを果たす自信がないということだろうか？

それにしては少し引っかかる言い方であった。

人間のオレ達に協力させて、それで『天命』を果たせるかどうか試す、というような感じとも違う。

もしかして、何か別の目的があるのか？

『天命』にかこつけて、オレ達と共に人間の国に行く。

そこに何らかの隠された目的があるとか……

「どうしたアルか？　その契約では不満アルか。言っておくが、これ以上はありえないほど対等な契約のはずアルよ」

そうこうしている内に、ミーナが急かすようにオレに告げる。

……確かに、ミーナの思惑はどうあれ、今はとにかくこのイゼルと同盟を結び、一刻も早く魔国統一のために動くべきだ。

オレはそう自分に言い聞かせると、先程のミーナと同じように血による契約を行う。

「それじゃあ、これで同盟は締結アル。では、早速行動開始アルよ」

「え、もしかして、今から人間の国に向かうのか？」

契約を済ませるや否や、即座に立ち上がるミーナを見て驚く。

が、彼女はすぐに首を横に振る。

「違うアルよ。まあ、人間の国にはすぐにでも行くつもりアルが……そうなると私もお前達もいなくなって、ウルドとイゼルの守りが薄くなるアルよ。だからその前に敵を牽制しておくアル」

「牽制？」

「分からないアルか？　これからアゼル領のベルクール兄上に会いに行くアルよ」

◇　◇　◇

「にゃははは――。まさかミーナ姉様と会ってすぐにベルクール兄様にも挨拶に行くとは思わなかったのだー」

そんなミーナの発言通り、現在オレ達はミーナと共にアゼル領へと来ていた。

そこは領土と呼ぶにはあまりに奇怪な場所であった。

目の前にあるのは巨大な穴。東京ドームの倍以上はある巨大な穴が地面に広がっている。

中を覗くと底が見えないほどの深淵が広がっている。

そんな穴の壁には、無数の窓や光が点《とも》っているのが見える。

どうやら穴の周囲、壁の中に無数の魔物達が暮らしているようである。

言うなれば、ウルドが山を土壌とした天へと登るほどの領土であり、イゼルは果てしなく横に広がる領土、そしてこのアゼルは地下深く広がる無限の領土。

それぞれに異なる領土の広さを見せ、つくづく魔国における国のあり方は面白いと感心する。

「ベルクール兄上はこのアゼルの最下層にいるアル。と言っても普通の方法では最下層に行くのは難しいアルから、向こうから使者を送ってもらったアルよ」

「使者って……大丈夫なのか？　アゼルとイゼルはどちらが魔国の支配権を握るかで争っているんだろう？　そこにイゼルの支配者である君が来たら……」

「それは大丈夫アル。ベルクール兄上にはあくまでも話し合いのために来たと言っているアル。向こうもいきなりそこで決着をつけるつもりはないアルよ。それに、そのためにお前達や私、更には私が抱える『第四位』の魔人にも来てもらったアルから」

そのミーナの発言と同時であった。

彼女の背後より、小柄な少女が闇を纏《まと》いながら姿を現した。

「ふふふっ、はじめまして。皆さん」

金の髪をなびかせる少女は、ミーナとは全く異なる衣装であった。

ミーナが中華をイメージさせるチャイナ服なのに対し、少女は西洋風のドレス、それもいわゆるゴスロリと呼ばれるものを着込んでおり、手にはフリルのついた傘まで握っている。

普通なら、それほど派手な服を着れば衣装負けしてしまうところだが、少女の透き通るような白い肌と金のツインテール、更には幼いながらも不釣合いなほどの美貌を宿した顔には、まるでその服を服従させているかのように似合い、蠱惑的《こわくてき》な魅力すら感じさせる。

「アタシの名前はソフィアって言います。こう見えて『第四位』の魔人でミーナ様の副官です。これからよろしくね。特にそっちのお兄ちゃん♪」

ソフィアと名乗った少女はなぜだかオレに顔を近づけ、耳元で舌なめずりしてくる。

その艶《なま》めかしい態度にオレは思わず後ろに下がる。

な、なんだこの子。初対面のくせにえらく積極的だな。

戸惑うオレであったが、どういうわけか目の前の少女に既視感を覚えた。

初対面のはずだが、以前にどこかで会ったような感じがする。いや、正確には似た気配を知っているというか……

そんな奇妙な感覚に囚われていると……突然、背後より声がかかる。

「あー、マジでこれ来ちゃってるしー。超だるいんですけどー。っていうか、イゼルとウルド魔人が勢ぞろいしてて草ー。うち、帰っていいっすかねー」

何やら独特……というかギャルのような話し方が聞こえ、慌ててそちらを振り向く。

するとそこには、とんがり帽子に黒いローブという、いかにも魔女っぽい服装をした女性が立っていた。

銀色の髪に、ややタレ目の眠たそうな目。服の上からでも分かるほど立派な胸に、ミニスカートから覗く生足は思わず視線が釘付けになるほどの魅力を備えていた。

「えーと、君は？」

「あー、うちはベルクール様より案内役を任された魔人リアって言いまーす。一応『第五位』の魔人ってことになってるんで、そこんところよろしくーみたいなー」

リアと名乗った魔女の変わった口調に困惑するオレを押しのけて、隣にいたイストが前に出る。

「久しぶりじゃな、リア。まさかお主がこのようなところにいるとは思わなかったぞ」

「あれー？　それはこっちのセリフみたいなー。なんでこんなところにいるのー？」

「え？　イスト、知り合いなのか？」

魔人の少女に臆面もなく話しかけるイストを見て驚くオレであったが、続くイストのセリフに更なる衝撃を受ける。

「知り合いも何もこやつは儂の妹じゃ」

「い、妹ぉ!?」

「あはは｜、そうそう。うち、そっちのイスト姉様の妹みたいな｜」

思わぬ一言に驚くオレ。

魔人の妹がいたのもそうだが、見た目的には明らかにリアの方が年上だ。

しかし、以前イストが、魔女族はある一定の年齢になれば外見の変化がそこでストップすると言っていた。ならば、見た目でどちらが年上かなど考えるのは意味がないか。

そんなことを思っていると、イストは呆れた様子でため息をこぼした。

「それにしてもリア。お主の喋り方は相変わらずじゃな」

「えー？　そうかな｜？　ってかこれってうちら魔女一族に伝わる伝統的な喋り方っていうか、若い魔女達の流行語だったし｜。姉様は喋り方がうざいって言って興味持ってくれなかったけど｜」

「今でもうざいわ。それより、なぜお主が魔人になっておるのじゃ。リアよ」

「あ｜……」

イストからの問いかけに、リアは何やら困ったように頬をかく。

「っていうか｜、うちら魔女族ってどっちかっていうと魔物寄りの種族じゃん。このとおり寿命は数百年あるし｜、そもそも『魔人』っていわゆる称号だし｜。魔物の中である一定以上の力を得た者が魔人の称号を得るなら、うちら魔女にもその資格って十分あるんじゃね？　的な｜。まあ、そんな感じでうちはこの魔国で力を磨いている内に魔人の称号を得て、ここにいるベルクール様に拾われたみたいな感じー」

「……そうか。まあ、確かに儂ら魔女は半分魔物のようなものか……」

そう言ってイストはどこか複雑そうな表情を浮かべる。

が、すぐさまその表情を打ち消すように頭を振る。

「では、今のお主はアゼルに属する魔人ということでいいのじゃな？」

「そゆこと。でも、ここでやり合う気はないよー。つーか、さっきも言ったけど、うちは案内するだけだからー。ベルクール様もその気はないみたいだから、とりま安心していいっしょ。ってなわけで案内するからついて来てーみたいなー」

「うむ。そういうことなら案内を頼むとしよう」

「オケマルー。っていうかー、イスト姉様マジ変わってなさすぎで草ー。生真面目なところも相変わらずカワユスー。ちっこい体で抱き心地最高ー。うちの姉様マジカワユスー、スコスコー」

「ええい!?　いきなり抱きつくな！　というか誰がちっこいじゃこらー!!」

「えー、いいじゃんー。別に減るものじゃないしー。というか久しぶりの家族の再会っしょー。たくさんハグしたいーみたいなー」

「勝手に一族から抜け出した奴が何を言っておるか!?　というか放せー!!」

「まーまー、気にしないー気にしないー」

と、そんな風に騒ぐイストを抱き枕のように抱きしめながら、リアはオレ達の案内をする。

本当に大丈夫なんだろうかとオレは少し不安に思うのだった。


「いやぁ、皆さんわざわざ遠くからよう来はったなー、ホンマ毎度おおきにー。とりあえず、皆さん座って座って。ワイが、このアゼル領土を支配する『第一位』の魔人ベルクールや。いやー、どうぞよろしゅう頼んます」

何弁!?

リアに案内された先は、まるで江戸時代の城のような場所だった。

時代劇などで将軍が話すような場所に似ており、そこに座っていたのは日本の浴衣《ゆかた》のような衣装を着た黒髪の偉丈夫。

見た目だけならば、いかにも強面《こわもて》な剣豪、あるいはそうした威厳に満ちた人物に思えるのだが、口を開くや否や先程の愉快な口調が飛び出し、出会って早々色んなものをくじかれた。

というか本気で何弁だよ。エセ関西弁というかなんというか……

まあ、この世界に関西弁なんてあるわけないから、それに似たような適当な言語なのかもしれないが、ミーナといいリリムといい、なんなの？　アルとかなのだーとか、魔王の子供達って全員変な喋り方しかしないの？　ねえ？

「あー、ちなみにワイのこれはアゼルに古くから伝わる喋り方や。気に障《さわ》ったんなら許したってぇな〜。ワイ、こう見えてアゼル出身の魔物と親父殿とのハーフやさかい。親父殿のことは尊敬しているけれど母親のことも大事に想ってるねん。せやから、このアゼルに敬愛を示してこの喋り方を普段からしてんねん」

へ、へえー、つまりアゼル弁ってやつなの……？

「ちなみに私のこれはイゼル弁ネ。私もイゼルの魔物とのハーフアルよ。だから私の喋り方も由緒ある言語アル」

そ、そうなんですか……イゼル弁……

ってことはもしかしてリリムも……？

「にゃはははー！　私は関係ないのだー！　この喋り方は私独自の癖みたいなものなのだー！」

あっ、そうですか。もうどうでもいい感覚で受け流すオレ。

そんなオレ達を見ながらベルクールが切り出す。

「そんでぎょうさん仲間を引き連れて何の用や、ミーナ。まさか宣戦布告でもするつもりかいな？」

「それも面白いアルね。ただ今回は警告に来ただけアルよ」

「ほぉ」

ミーナの一言に、目を細めてオレ達を観察するベルクール。

喋り方は一見ふざけているが、一瞬だけ見せたベルクールの凍えるような視線と殺気は本物であり、オレですら一瞬気圧《けお》されて思わず冷や汗が流れた。

「見てのとおり、イゼルとウルドは手を組んだアル。これだけ見れば私達の勢力はアゼルを上回ったアル」

「せやな。けど戦いは数だけやあらへんやろ。あんさんとそっちの兄ちゃんが組んだところで、『第一位』であるワイを超えられるとでも思ってるんか？　『第一位』の壁はそんなに甘くはないで」

確かに数で言えばこちらの方が圧倒的に有利。

にもかかわらず、あぐらを組んでこちらを見るベルクールに対しては、不思議と勝てる気がしなかった。

仮にこの場で戦いになったとして、その結果がどうなるのかまるで予想がつかない。そんな底知れない印象を目の前の男から受ける。

「確かにネ。けれど、戦いになればアゼルもただでは済まないアル。仮に戦いに勝っても、自分の領土がなくなることをお前も良しとはしないはずアルよ。さっき自分で言っていたアルよ。アゼル領を愛していると」

「……せやな。今のお前らと戦えば、ワイの戦力もアゼルもタダでは済まんなぁ」

そう言って見えない火花を散らすベルクールとミーナ。

二人が放つプレッシャーだけでこの空間の息苦しさは増しており、オレや他の魔人達はともかくブラックやイストなどはそのせいでかなり疲労している。ちなみに裕次郎は重力に押しつぶされるように床でへばっていた。とりあえず回復魔法をかけておこう。

「まあ、用件は分かったわ。要はイゼルとウルドは一つの勢力になったさかい、どちらかに攻撃を仕掛ければ全面戦争の幕開けになるっちゅー話かい。せやから互いの準備が整うまではしばらく様子見をしようって提案かいな？」

「そういうことアル。私達もお前を倒すとなれば準備が必要アル。その間、無駄な小競り合いはただの消耗にしかならないアル。そこで次の決戦まで互いに戦力の強化、補強に入るのはどうアルか？　これはお互いにとってもそう悪い提案ではないアル」

現在アゼルとイゼルは小競り合いを続けているという。

それを一旦取りやめて、次の決戦に備えて互いに戦力を補強する。

そして、ミーナはその期間を利用して、『天命』を達成するというわけか。なかなかどうしてミーナも策士のようだ。

ベルクールは少し考える素振りを見せたが、すぐさまその顔に笑みを浮かべる。

「ええで。確かにこのまま小競り合いを続けても、この魔国における騒乱は終わらへん。なら、次の大戦でアゼルとイゼル、どちらが覇権を握るか勝負といこうか。ワイもくだらん駆け引きより、そうした一発で命運を決める大勝負の方が好物や」

「なら、決まりアル。それじゃあ、私達はこれにて戻るアルよ。伝えたいことは伝えたアル」

「ああ、せやけど最後に一つええか？　その準備期間やけど、まさか互いの準備が整うまでなんて甘いことは言わへんよな？　ここは魔物が統《す》べる魔の国。そこまでお上品なことはできへんで。こっちの準備が整い次第、仕掛けさせてもらうで」

先程までの陽気な表情は影を潜め、その奥に隠れていた魔物らしい凶暴性に満ちた笑みを浮かべるベルクール。

それに対し、ミーナもこれまで見せたことのない残虐な笑みを浮かべる。

「当然アル。もっとも、先に準備が終わるのはそちらとは限らないアルよ」

そんな妹からの返しにベルクールは愉快そうな笑みを浮かべ、「下がれ」と命じる。

そうして用が済んだオレ達は、この場より退出した。


「さて、ベルクール兄上への警告も済んだアルから、これから一度拠点に戻って準備をするアルよ」

アゼル領の穴蔵を出たオレ達を前に、ミーナがそう宣言する。

無論、準備というのは戦争のための準備ではなく、ミーナと共に人間国へ渡り、そこで彼女の『天命』を果たすための準備である。

すぐに『空間転移』を使い、一度各々の拠点に戻ろうとするが……

「あー、その前にちょっといいかなー？　うち、イスト姉様とちょっと話したいことがあるんだけど？」

オレ達が転移をしようとした時、見送りとしてついてきていたリアが声をかけてきた。

「儂にか？　一体何の用じゃ？」

「あー、それはちょっとここでは言いづらいみたいなー」

何やら気まずそうに視線を逸らすリア。

それを見てイストは何かを考えるような素振りを見せる。

「……分かった。では少し離れた場所で話そう。すまぬが、ユウキ。しばし待っててもらえるか」

「ああ、構わないよ」

そうしてイストはリアと共に少し離れた場所へと移動した。

◇　◇　◇

「して、儂に話とはなんじゃ？　言っておくがつまらぬ話なら――」

「姉様さー。まだあの人のこと追いかけてるの？」

「…………」

妹からのその質問にイストは答えなかった。

だが、その沈黙だけでリアには全てが通じていた。

「例の異界の門を開く研究もまだ続けてるんっしょ？　つーか、そこまでやってあの人に会いに行く意味ってあるの？　あいつ、うちらを捨てた奴だよ。あんな奴を捜してどうし――」

「それでも儂は、なんとしてもあやつを捜したい。あやつは儂ら……いや、儂ら魔女族を生み出した元凶じゃ。一言ケジメなりなんなりつけなければ、儂は先に進むことはできぬ」

そう吐き捨てるイストの顔には様々な感情が乗っていた。

怒り、悲しみ、憐憫《れんびん》、そして僅かな憧憬《どうけい》。それらを全て理解した上でリアは頷く。

「……まっ、そだね。うちもこうして魔人になって魔国に身を置いてるのも、手段は違うけれど姉様と同じようにあいつを追い求めているからかもしれないし……」

「…………」

リアの呟きにイストは答えない。

だが、答えを聞いたリアはその顔に屈託のない笑みを浮かべて頷く。

「けどま、姉様が元気そうで良かったっしょ。つーか、いつまでも一人でジメジメ暗い研究してるかと思ったら、あんないい仲間連れてて安心したしー。妹として姉様には幸せになってほしいみたいなー」

「はあ？　儂のどこが幸せそうに見えるんじゃ？」

「あははははっ、気づいてないのー？　草ー。姉様、あの人達といると嬉しそうだよー」

リアの軽口に対し、イストは小さく鼻を鳴らし背中を向ける。

そんな姉の背を見ながらリアは小さく呟く。

「……ホント安心したし……これでうちがいなくなっても、もう姉様は大丈夫っしょ……」

そのリアの表情がどこか寂しげであったことに、イストは気づかずにいた。

◇　◇　◇

【現在ユウキが取得しているスキル】
『金貨投げ』『鉱物化（龍鱗化）』『魔法吸収』『空間転移』『ドラゴンブレス』『勇者の一撃』
『ホーリーウェポン』『魔王の威圧』『デスタッチ』『武具作製』『薬草作成』『毒物耐性』
『呪い耐性』『空中浮遊』『邪眼』『アイテムボックス』『炎魔法LV3』『水魔法LV3』
『風魔法LV3』『土魔法LV3』『光魔法LV10』『闇魔法LV10』『万能錬金術』

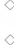

第二使用▽天命

あれからオレ達は一度、ウルド領に戻ってきた。

理由は無論、人間国へ向かうための準備である。と言っても必要最低限の荷物をまとめるだけであり、支度《したく》にはそれほど時間はかからなかった。

だが、出発する前にオレにはしなくてはならないことがあった。

それはファナへの挨拶である。

これからミーナ達と共に人間国へ戻るため、しばらくファナとはお別れになる。そのことを彼女に説明しなければならなかった。

ファナの体調はここ最近あまり良くなく、ずっと眠りっぱなしの状態が続いている。

無論リリムやリザードマンに頼み、ウルドにいる治療に長《た》けた魔物にファナの様子を見てもらったが、症状が回復することはなかった。

やはり、彼女を救うにはこの国にある〝虚ろ〟の秘密を手に入れるしかない。

そのためにも、一刻も早くこの魔国の戦を終結させなければ。

そう思いながらオレはファナが眠る部屋へと入る。

「あ、パパ……」

「起きていたのか、ファナ」

そこには珍しく目を開けて、ベッドに横たわるファナの姿があった。

「……ファナ、ごめんな。オレはこれからしばらくここを留守にしないといけないんだ。けれど、すぐに戻ってくるから。そしたらファナを元気にする方法を手に入れてみせる。だから、もう少しだけ待っててもらえるか？」

オレがそう語りかけると、ファナは力ない笑みを浮かべて頷く。

「……うん、大丈夫だよ、パパ……私、パパのこと信じてるから……パパはパパにできることを頑張って……ファナも頑張る……」

「ファナ……」

そう言ってオレの手を握り、エールを送るファナ。

この子だって、辛いはずだ。

事実、今も苦しいはずなのにそれをひた隠しにし、オレに心配をかけまいと必死に笑みを浮かべている。

やっぱり、こんないい子をこんな理不尽なことで失うわけにはいかない。

オレはファナの笑顔を目に焼き付けると、必ず彼女を救うと改めて誓う。

「……それじゃあ、オレはもうそろそろ行くよ。すぐに戻ってくるから、それまで待っててくれ」

「……うん、待ってるね……パパ……」

そう言ってファナはオレの手を握ったまま、静かに眠る。

だが、その右目だけは開いたまま、底のない虚ろがこちらを見ていた。

〝虚ろ〟。これさえなんとかできればファナの命は助かる。

どんな手段を使ってでも、オレはファナを救ってみせる。

その決意を胸に、オレは眠るファナを起こさないように静かに部屋を後にする。

扉の外に出ると、そこにはイストをはじめ、ブラック、裕次郎、リリム達の姿があった。

「別れは済ませたのか、ユウキよ」

「ああ、イスト。だが、別れといってもすぐに戻ってくる。ミーナの天命を果たし次第な」

「そうじゃな。とはいえ、それがうまくいくかどうかはお主とあの魔人次第じゃな……」

「して、主様。人間国へ行くに際し、連れて行くメンバーは如何いたしますか？」

「ああ、それなんだが、オレ達の側からはオレと裕次郎で行こうと思っている」

「えっ⁉　オレっすか⁉」

思わぬ名指しに驚いた様子の裕次郎。それは彼だけでなく質問してきたブラックも同様であった。

「お、お待ちください！　主様！　このような役立たずを伴うよりも私か、せめてこちらの魔女娘を連れては……」

「いや、それだとオレの側に戦力が集中しすぎる。ウルドとイゼルは現状同盟を結んだとはいえ、アゼルは未だ敵対勢力のままだ。それにあのアゼルの大将ベルクールが言っていただろう。準備が整い次第全面戦争を仕掛けると。なら、ウルドとイゼルに残す戦力は多い方がいい。それに裕次郎はオレと同じ人間だから、人間の国に行くのならそこに馴染みやすい奴の方がいいだろう」

「ううむ……」

オレの説得に対し、不承不承ながらも頷くブラック。

それに裕次郎が持つスキル『通販』は、今回のような旅にはうってつけだ。

「というわけで裕次郎。よろしく頼むな」

「は、はい！　任せてくださいっす！　オレ、ユウキさんのためにも頑張るっす！」

明らかに緊張した様子でそう答える裕次郎。

うん、まあ、気楽に行こう。気楽に。

そう思いながらオレは残るリリムへと向き合う。

「それじゃあ、ウルドの守りは任せたぞ、リリム」

「にゃははは！　任せるのだー！　ここにいる連中もまとめて私が面倒を見てやるのだー！」

そう言って自らの胸をドンと叩くリリム。

まあ、普段は能天気だが、彼女の実力は一度戦ったオレが一番良く理解している。任せて安心だろう。

そして、ミーナ達と合流するべく『空間転移』を使おうとするオレだったが、その時ふとある疑問が生まれた。

「……そういえばリリム。お前の『天命』ってなんなんだ？」

「うえっ!?」

気になってそう尋ねると、なぜだかリリムは奇妙な声を上げて後ろに下がる。なんだ？

「え、えっと、そ、それはだなー……あ、あははは！　わ、私の『天命』はかなり気持ち悪い内容なのだー！　だ、だから、知る必要はないのだー！」

「？　なんだそれ。逆に気になるぞ」

「に、にゃははははー！」

なんとか誤魔化そうと笑うリリムだが、全然誤魔化せてない。

オレ達がジト目で見ていると、それに耐え切れなくなったのかリリムが白状する。

「そ、その……『勇者』と結ばれる……という、かーなり無理難題な『天命』なのだ」

「は？」

なんだそりゃ？　勇者と結ばれる？

確かに『勇者』の称号を持つ者自体、一人存在するかどうかだろう。そもそもそれ以前に、この世界における『勇者』の使命が魔人や魔王を倒して世界に平和をもたらすことであれば、魔王になろうという魔人の彼女が勇者と結ばれるってのは、かなりの無理難題だな。

しかし、偶然というべきか、『勇者』の称号はオレが有している。となると——

「それって、オレとリリムが結ばれれば、リリムの天命が果たされるってことか？」

思わずそう呟くオレ。

無論そこに深い意味はなく、ただ単にそう思ったから呟いただけなのだが、それを聞いた瞬間、リリムの顔が見る見る内に真っ赤になる。

「な、なななななな、何を言っているのだーーーーーー!!」

「おわっ!?」

急な大声にびっくりする。

だが、リリムの錯乱っぷりはそれどころではなかった。

「む、無理！　無理なのだ!!　た、確かにお前は『勇者』の称号を持っているけれど……！　け、けれど！　だからといって、そういうのは私には無理なのだーー!!　私はサキュバスとのハーフだけど、そういう恋愛ごとはめちゃくちゃ恥ずかしいのだーーー!!　リリム様のキャラに合わないのだーー!!　『天命』を果たすためとはいえ、そんなお手紙や交際、デートをすっとばして、いきなりむ、むす、むす……結ばれるなんて無理ーーー!!　なのだーー!!　いくら、お前がかっこよくて強くて優しくてもダメなものはダメなのだーー!!　とにかく私の『天命』に関しては何も聞いてない！　聞かなかったということにしてさっさと行くのだーーー!!」

「あ、ああ……はい……分かりました……」

ぜーぜーと顔を真っ赤にして、背中の羽と尻尾をバタつかせながら抗議するリリムを見ながらオレは頷く。

なるほど、そもそも結ばれるってハードルからして、リリムには難しいのか。

さすがは『天命』。その人物にとって最も困難な課題を与えるんだな。

というか、こいつサキュバスのハーフの癖に恋愛音痴というか、そういう系統はダメなのか。

普段は能天気で何の考えもない奴だと思っていただけに、思わぬ弱点にびっくりした。というかギャップ萌えというか、少しこいつが可愛く見えた。

「う、うるさいのだー！　人には弱点の一つや二つあって当然なのだー！　余計なこと考えてないでさっさと行くのだー!!」

と、心を読んだのかリリムが叫ぶ。

これ以上ここにいると、逆上したこいつに何をされるか分からん。

とりあえずオレは唖然《あぜん》とした様子の裕次郎を連れて、ミーナの元へと空間転移するのだった。

◇　◇　◇

「ようやく来たアルな。それじゃあ、早速人間国を目指すアルよ」

ミーナの元へ移動すると、そこにはすっかり準備を終えたミーナとソフィアがいた。

「ああ。それじゃあ、早速『空間転移』のスキルを使って移動するから、二人共オレの近くに来てくれ」

「了解アル」

「はーい♪」

そう言ってミーナがオレの傍に来る一方で、なぜかソフィアはオレの腕に自分の腕を絡めて、あまつさえそのささやかな胸を押し当ててくる。

「あ、あの、なんでそんなに体を密着させてくるんですか？」

「えー、別に深い意味なんてないですよー。それにお兄さんが近くに来てって言うからアタシはその通りにしてるだけでーす。っていうか、これって密着なんですかー？」

と、ソフィアはクスクスと笑いながらオレに意味深な視線を向けてくる。

うっ、なんだろうか。この子、最初に会った時からやたらとオレに色目を使ったり、積極的だったりするが、何か理由でもあるのだろうか？

そんなことを思い始めていると、隣にいるミーナがわざとらしく咳払いをする。

「おい、いちゃついてないでさっさと空間転移するアルよ」

「いや、あの、別にいちゃついては……」

「えー、ミーナ様。ひょっとして嫉妬《しっと》してるんですかー？」

わざとらしくそんなことを口にしたソフィアをものすごい勢いでミーナが睨《にら》み、さすがに圧倒されたのかソフィアが黙る。

うーむ。こういうのを生意気少女への〝分からせ〟とでも言うのだろうか。

そんなどうでもいいことを思いつつ、オレは意識を集中させ『空間転移』を使用するのだった。


次に目を開けた瞬間、そこに広がったのは一面の平原であった。

雲一つない青空に吹き抜ける風。足元では緑のカーペットが心地よく風に揺れていた。

「ここが人間国アルか？」

「ええ、ここは人間国の一つで、『レスタレス連合国』と呼ばれる場所です」

オレは二人にこの場所の説明をする。

当初オレは、行き先をオレが召喚された例のオルスタッド王国にしようと思っていたが、イストに相談したところ、それはやめておけと止められた。

というのも、オルスタッド王国は先日魔人ゾルアークによってザラカス砦を占拠され、かなりの被害を受けていた。

そこに魔人であるミーナがやって来たところで、国に認められるのは困難であろうとの忠告だった。

確かにイストの言うとおり、あの国王や側近達が魔人を認めるなどまずありえないだろう。

なので、ミーナを認めさせるならば、なるべく魔人の脅威にさらされていない国がベストだとイストに教えられた。

そしてオレは彼女から、ある国を勧められた。

それがこの『レスタレス連合国』。

ここは首都と呼ばれるものがなく、王も存在しない。いくつかの都市国家が連合することによって出来上がった連合国である。

中でも代表的な四つの街の指導者がこの国を支えており、彼らの意見によって国の運営がなされているとか。

元々は他の国に見捨てられた街や人々が手を取り合って生まれたそうで、今では王国などにも引けを取らない国として発展したそうだ。

またこの連合国は魔人の脅威から最も遠い場所にあるため、『天命』を果たしやすいだろうということだった。

まあ、どの国であろうと難しいことに変わりはないだろうが、ここがベストではありそうだ。

「地図によるとすぐ近くに街がある。まずはそこに行って街の人達と接触しよう」

「了解アル。まずは人間と接触しないことには、私の『天命』は果たされないアルからね」

「ああ、それと一応言っておくけど、人間に対して敵対行動を取らないように頼むぞ」

「分かっているアル。いくら私でもそこまでバカではないアル。私よりもこっちのソフィアに注意するアルよ」

「はいはーい、ちゃんと分かってますよー」

二人の返事を聞きつつ、オレ達は近くの街に移動するのだった。

◇　◇　◇

「ここが人間の街アルか。見た目は思ったより普通アル」

「まあ、そうだな。この国は連合国なので、いわゆる首都などはなくこうした街がいくつかあるらしい。中でもこのムルル街は『レスタレス連合国』を代表する四つの街の一つらしいそうだ」

「ふーん、なるほどアル。人間の国は変わっているアルなー」

オレの説明に興味深そうに街を眺めるミーナ。一方のソフィアは興味がないのか退屈そうにあくびをしている。

そうして、オレ達が街の中に入ると、街を警備している兵士達が近づいてくる。

「そこのお前、少し待て。旅人か？　見ない顔だな。それに随分と変わった者を連れているようだが……」

そう言って後ろにいるミーナとソフィアを見る兵士。

だが、二人の姿を見るや否や、兵士の顔色が変わる。

「!?　そ、その姿！　それに感じられる魔力……！　そ、そいつら魔物……いや、まさか魔人か⁉」

兵士がそう叫ぶと周囲の民衆がざわめいた。

そしてミーナとソフィアの姿を見て、彼らは顔を恐怖の表情に変え、叫び出す。

「お、おい！　あれ、魔物じゃない⁉」

「違う！　魔人だ！」

「魔人っていうとあの噂の魔人か⁉　なんで、そんな連中がここに⁉」

「ま、まさか、この街を侵略しに⁉」

「い、いかん！　すぐに領主様に連絡するんだー‼」

パニックはすぐさま頂点に達し、街の人達は次々とその場から逃げ出す。

一方、オレ達に声をかけた兵士は腰を抜かしながらも、腰に差していた剣を手に取る。

「ま、魔人め！　こ、この街に何の用だ……！」

震える声と剣で必死に立ち向かう兵士。

無論その間もミーナとソフィアは何もせず、ただ黙って事の成り行きを見守っていた。

下手なことを言って状況を混乱させないのは、さすがというべきか。

それにしても、ミーナ達の姿を見た瞬間、すぐに魔人だと分かるんだな。

確かに外見は人間とは少し違う部分があるが、それでもこんなにすぐに分かるものなのか？　とオレが疑問に思っていると、隣にいたミーナが耳元で囁《ささや》く。

「私達の正体がバレたのは称号の効果アル。私もソフィアも『魔人』という称号を持っているアル。だから、人間が私とソフィアの姿を見れば、すぐに魔人だと分かるアル。それに抑えていても内側から溢れる魔力の影響で、普通の魔物とは違う存在だと分かるアル」

なるほど、ここでも称号の効果か。

オレの時もそうだったが、一目でその人物の称号が伝わるというのは便利といえば便利だが、こういう場合は色々と不便なものがあるなー。

そんなことを思っている内に、街の奥から数十人の全身を鎧で覆った騎士団のような連中が現れる。

見ると、その陣頭には貴族服を身に纏った四十代後半のナイスミドルなおじ様の姿があった。

「魔人よ！　このムルルの街に何の用だ。もしもこの街を占拠しに来たというのなら、我々は最後まで抵抗するつもりだぞ。たとえ、勝ち目がなくともな！」

そう言って、自ら剣を抜くおじ様。

おお、なかなか立派そうな人物だ。もしかして、この人が領主様か？

そう思いながらも、オレはまず誤解を解くべく、彼へと近寄る。

「いきなり申し訳ありません。確かに彼女達は魔人ですが、襲撃しに来たわけではありません。もちろん、占拠する意思もありません。ここに来たのはその、話し合いと言いますか、人間国との和《わ》睦《ぼく》のためです。とにかく彼女達に攻撃の意思はありません。どうか落ち着いて話を聞いてもらえませんか?」

「ええい、いきなり何を言うか！　そもそも貴様は何者だ!?　その魔人達を連れてきたということは仲間か！　貴様は人間のようだが、魔人に与《くみ》するような人間を信頼できるはずがないだろう！」

そう言って今度はオレに切っ先を向ける男性。

まずいな、なんとか平和的な解決をしないと……そう思った瞬間であった。

男は改めてオレの顔を見ると、何やら驚いたような反応をし、剣を下ろす。

「ま、まさかあなたは……『勇者』様？　勇者様の称号を持つお方ですか!?」

「え？」

男のいきなりの発言に驚くオレ。

だが、それは周囲の者達も同じであった。

先程まで魔人に敵意を向けていた兵士や、物陰に隠れていた街の人達がオレの姿を見ると、次々とその顔に驚きと共に喜びの表情を浮かべる。

「ま、間違いない！　あの方は勇者の称号を持ったお方だ！」

「まさか！　噂に聞いた異世界よりの転移者か!?」

「王国が呼び出したというあれか！　しかし、もう『勇者』の称号を手に入れた方がいたとは!?」

「ということは、すでに魔人の王である魔王を打ち倒したのでは!?」

「では、もう魔人の脅威は去ったのか!?」

「し、しかし、ではなぜ勇者様が魔人を連れて……？」

「そうか、分かったぞ！　勇者様は魔王を倒し、残った魔人を配下として捕虜にしているのだ！　だから共に連れて歩いているのだ！」

「なるほど！　そういうことだったのか！」

「いずれにしろ勇者様がいるのなら魔人がいても恐ろしくはないぞ！」

「勇者様！　どうぞこの街をその魔人達よりお守りください！」

「勇者様さえいればこの街は安心です！」

「勇者様！　勇者様ー！」

そうして次々と兵士や街人達がオレの周囲に集まって騒ぎ出す。

先程まで感じていたミーナ達の『魔人』の称号への恐れが、オレが持つ『勇者』の称号によって打ち消されたかのような反応だ。

ミーナとソフィア、裕次郎もそんな人々の変化に呆然とする中、オレは思わぬ歓迎を受けるのだった。

◇　◇　◇

「なるほど、そういった事情があったのですか……それで、そちらの魔人を認めさせるために勇者様はこの街に来たのですか……」

「そういうことなんだ。こちらの魔人に敵対の意思はない。信じてもらえるだろうか？」

「ふむ……」

勇者として祭り上げられたオレはそのまま領主の館に案内され、事情を説明することとなった。

もちろん、何人かの兵士がミーナとソフィアを警戒するようにその周りに立っているが、ミーナ達はそれに気分を害するわけでもなくオレに任せるように静かにしている。

「勇者の称号を持つ御方の言葉が嘘とは思えません……それに、その二人の魔人が本気でこの街を落とすつもりならば、すでにこの地は荒野となっているはずです。しかし、こちらが剣を向けているにもかかわらず、そちらの魔人達が何かをする様子はない……となれば、勇者様の話が誠であると証明されます」

「信じてもらえて何よりだよ」

オレが頷くと、領主は警戒を解くよう指示をし、兵士達も渋々ながら武器を下ろす。

「やれやれ、ようやくまともに話ができるようになったアルね」

「っていうか、アタシ達何もしてないのに人間って本当に自分勝手ー」

口々に文句を言うミーナとソフィア。二人の不満ももっともだが、ここはもう少し我慢してくれ。

「それでは改めて、領主様。こちらのミーナをこの街——というよりも、レスタレス連合国で認めてもらうにはどうすればいいですか？」

「ふむ……」

オレからの問いに領主はしばし悩み、やがて何か思いついたのか口を開く。

「我がレスタレス連合国は他の国と違い、王や皇帝が支配する国ではありません。それぞれの街にいる代表者達が支え合うことで国という形をとっております。ですので、その街の代表者に認められていけば、最終的にはこの国そのものに認められるということに繋がるかもしれません」

「なるほど」

「特に重要なのは、このムルル、レタルス、コークス、グルテルの四つの街です。この四つがレスタレスの主要な街とされており、そこにいる私を含む四人の領主が国を運営しております。ですので、それら四つの街でその魔人を認めてもらうのが一番ではないかと」

確かにそれが一番手っ取り早そうだな。

「ちなみに、この街でミーナを認めてもらうにはどうすればいいと思いますか？」

「そうですね……今現在、この街では作物の不作が続いています。干ばつの影響か、麦をはじめとした様々な作物が採れない状況が続いておりまして……もしよろしければ、そうした農作物の栽培に協力してもらえないでしょうか？」

「だ、そうだが、どうする？」

領主からの頼みにミーナの方を振り返ると、そこには自信満々の表情があった。

「そういうことなら任せるアル。作物の不作など、私がすぐにでも解決してやるアルよ」

「うーむ、これは確かに不作だな……」

あれからオレ達は、領主の兵士に案内されて畑のあるエリアへと来た。

そこにあった麦や作物のほとんどが枯れてしぼんでおり、土も乾いていてとても農作物が育つような状態ではなかった。

「それで、どうするんだ？　ミーナ」

「これを見るアル」

そう言ってミーナが取り出したのは奇妙な形の種。

「なにそれ？」

「くっくっくっ、これは魔国に生息する魔作物の種アル。これを地面に植えれば、どのような荒れ果てた土地でも見る見る内に成長し、果実をはじめとした様々な食物を実らせるアル」

「ほお、そりゃすごい。で、欠点は？」

「そうアルね。この植物自体が意思を持って、近づく人間や魔物を食べてしまうところアルか。だから収穫はいつも命懸けアル」

「はい。却下」

「なんでアルか!?」

魔作物の種を握ったまま突っ込みを入れてくるミーナ。当たり前です。

「これは久しぶりにオレの『アイテム使用』の出番かもな……」

そう言ってオレは目の前の乾いた土を掴みながら、すぐ傍にいる兵士に尋ねる。

「ちょっと聞きたいんだが、ここに植えた食物の種ってどこかにないか？」

「はっ、種ならばいくつもありますが……この荒れ果て具合ではまず土を耕《たがや》さなくてはならないのでは？　それに雨が降らないことにはいくら種を蒔《ま》いても成長も……」

「まあ、それはオレに任せてくれ。とりあえず、種を持ってきてくれないかな」

「はっ、了解しました！　勇者様！」

オレが頼むと、すぐさま兵士達が種を取りに移動する。

うーん、やはりこの勇者という称号は便利だな。

思えば、この称号を手にしてからだいぶ時間が経っているし、この世界の住人がオレを見てすぐ気がつくまでに称号が馴染んだということなんだろうか。

これまでは魔国にいたせいで『魔王』の称号ばかりが目立っていたが、人間の国となればやはり『勇者』の称号を持っていると、それだけで強い影響を与えてくれるようだ。

この称号のおかげで、ミーナへの協力もスムーズに行くかもしれない。

そんなことを思っていると、先程の兵士達が両手にいくつかの袋を抱えて戻ってくる。

「勇者様。こちらが種です」

差し出された袋の中を見ると、麦の種をはじめ、根野菜や果実など様々な種が詰まっていた。

よし、これだけあれば十分だろう。あとはオレの考えが正しければ……そう思いながらオレは兵士達から受け取った種を両手に握り、スキルを発動する。

「『アイテム使用』！」

久しぶりにそのスキルを使うと同時に、手の中にあった種が全てオレの中へと使用、還元される。

そして、いつものスキル取得のナレーションが脳内に響く。

『スキル：アイテム使用により、スキル：植物生成を取得しました』

よし、狙い通り。では、早速スキルを拝見。

スキル：植物生成（ランク：D）
効果：様々な植物を生み出すスキル。成長速度も使用者の意思によって加速可能。
**　生み出せる植物の種類はアイテム使用で取り込んだ種の種類と同じである。**

うむ。これまた狙い通り。

今回は戦闘用ではなく、こうした日常レベルのスキルが必要となる。

オレは乾いた地面に近づくと、覚えたばかりの『植物生成』のスキルを使用する。

「スキル使用！『植物生成』！」

オレが叫ぶと目の前の地面が光り輝き、見る見る内に麦や根野菜、果実植物の芽が生まれる。

それらは瞬《またた》く間に成長を繰り返し、数分と経たぬ内に立派な麦や、根野菜、更には果実を実らせた樹になった。

「とまあ、こんなものかな」

先程まで不毛だった一面に野菜と樹が育ったのを見た兵士達は、興奮した様子ではしゃぎ出す。

「お、おおおー！　すごい、すごいぞー！　一瞬でこんな見事な麦や野菜が！」

「素晴らしい！　さすがは勇者様です‼」

「いやー、それほどでも」

はしゃぐ兵士達を落ち着かせるオレであったが、離れた場所ではミーナが例の魔作物の種を握ったままつまらなそうな顔をしていた。

あ、いかん。これではオレが活躍しただけで、ミーナが認められるという目的に全然そぐわない。

それに『植物生成』のスキルで麦や野菜を栽培しても、枯れた土地自体が良くなったわけではない。

しばらくは実った野菜が採れるだろうが、それが継続できるとは限らない。

この街が抱えている不作という問題を解決するには、継続的に採れる野菜が必要になる。

そう思ったオレは、先程のミーナのセリフを思い出す。

「なあ、ミーナ。さっきの魔作物の種って、どんな荒れ果てた地でも成長するんだったよな？」

「そうアルよ。けれど、成長したこれは人間を襲うから、さっきお前が言ったように植えたとしてもダメアルな……」

「いや、使いようによってはその魔作物、この街の問題を解決できるかもしれない」

「え？　どういう意味アルか？」

「いいから、ちょっと貸してくれ」

戸惑うミーナから魔作物の種を受け取ると、すかさずそれを『アイテム使用』する。

これでオレは魔作物を栽培することが可能となった。だが、これをそのまま使っては人間すら捕食する魔の作物が生まれるだけ。そこで、以前覚えたスキル『万能錬金術』の出番だ。

オレは『万能錬金術』の力を使い、取り込んだ魔作物の種から人間を襲うという部分を剥がし、更には取り込んだ様々な種を合成する。

「スキル『植物生成』！」

再び『植物生成』のスキルを使用するオレ。

先程と同じように地面から無数の植物が発芽すると、恐ろしいスピードで成長していく。

今回の植物はおよそ三メートルほど。

一見魔物のようなおどろおどろしい姿で、枝先をうねうねと生き物のように動かすが、しばらくすると動きを止め、普通の植物同様に大人しくなる。

「よし！　成功だ！」

目論見《もくろみ》がうまくいったのを確信したオレは拳を握る。

一方でそれを少し離れた場所から見ていた兵士達が、恐る恐る近づいてくる。

「あ、あの、勇者様？　これは一体……？」

「ああ、こいつはこっちにいる魔人ミーナが持ってきてくれた魔作物を、オレが改良したやつだ」

「魔作物を改良ですか？」

「ああ。こいつはどんな不毛の地でも果実をつける植物で、その生態を残したままオレの『万能錬金術』で人を襲う部分を剥がし、代わりにさっき皆さんからもらった種の野菜を実らせるようにしたんだ」

その説明通り、魔作物の枝先にはリンゴのような果実の他にナス、ピーマン、トマトに似た野菜がたくさん実っている。なんだったら麦すらたくさん実っており、足元の地面を掘ると根の部分に根野菜も実っていた。

「こ、これはすごい⁉」

「おお！　一つの植物にこれだけの野菜や果実が⁉」

「この魔作物ならどんなに荒れた土地でも順調に育つらしい。荒れた土地を修復することはできないけれど、これなら不作の問題も解決でしょう？」

「お、おおおお！　さすがは勇者様だ！　これならば土地が荒れたままでも問題なく生活できる！」

「さすがは勇者様です！　一時の支援だけではなく、先々のことまで考えていただけるとは！」

「いやいや、これを考えついたのはそこにいるミーナのおかげだよ。彼女が魔作物の種を持ってきてくれなければこの問題は解決しなかったよ」

そう言ってオレは、手柄がミーナへ渡るよううまいこと誘導する。

すると集まった兵士や街の人達もオレの言葉に頷き出す。

「確かに……そちらにいる魔人が持ってきた種がなければ、これは実らなかった」

「魔人様、ありがとうございます！」

「これで我々の不作も解決です！」

「う、うむ。役に立ったようで何よりアルよ。ちなみにこの魔作物は季節を問わず常に作物を実らせるアルから。冬越《ふゆご》しの心配もないアルよ」

「おおお！　なんとそのような作物が存在するのですか！」

「いやはや、魔国には我々の知らない作物があるのですなー」

気づくとミーナの周りにはたくさんの人が集まり、代わる代わる彼女にお礼を告げていた。

ミーナも最初はぎこちなく街人達からのお礼を受け取っていたが、次第に笑顔が生まれ、まんざらでもない様子を見せるのだった。

◇　◇　◇

「話は聞いております、勇者様。なんでも枯れ果てたあの場所で瞬く間に新たな作物を栽培したとか。さすがは勇者様です。街の者達を代表してお礼を申し上げます」

あれから領主の家に戻ると、すでに兵士達から報告を聞いていた領主が、頭を下げてオレ達を迎えた。

「いやいや、オレはそんなに大したことはしていませんよ。あの作物を栽培できたのはこちらにいるミーナのおかげです」

「ふむ、確かに兵士達からの報告でもそのようなことを聞きました」

「はい。ですので、こちらにいるミーナという魔人を、作物を実らせた人物として街で認めてもらえないでしょうか？」

オレからの提案にしばし悩むような仕草を見せる領主。

だが、やがて何かに納得するように頷く。

「……我々の問題を解決してもらって、それを認めないわけにはいきませんね。分かりました、それではそちらの魔人ミーナ殿を、この街における不作を解決した功労者として、勇者様と共に街に知らせましょう」

「ありがとうございます、領主様」

「あ、ありがとうアル。領主」

オレが頭を下げると、それにならうようにミーナも慌てて頭を下げる。

てっきりミーナはもっとプライドが高く、『天命』を果たすためとはいえこのような馴れ合いはしないと思っていたが、想像よりずっと素直だ。というよりもその様はまるで田舎から都会に出てきたお上《のぼ》りさんのようで、思わず和んでしまう。

「そういえば、勇者様は本日お泊まりになる場所はもう確保しておりますか？」

「あ、いえ、それがまだで……」

「おお、それならばちょうど良い。実は私の館には客人用の部屋がいくつかありまして、もしよろしければ勇者様方は本日こちらにご宿泊になってはどうですか？」

「え、いいんですか？」

「構いませんとも！　むしろ、勇者様に我が家に宿泊していただけるなんて箔《はく》がつくというものです。ささ、どうぞこちらに。メイド達に案内させましょう」

「あ、はい、どうも、お構いなく。ミーナ達も問題ないよな？」

「構わないアルよ」

「アタシも別にいいわよ～」

「オレもっす。というかこんな豪華な館に泊まれるだけでも嬉しいっす」

そうしてオレ達は領主の気遣いにより、彼の屋敷に泊まることとなった。

だが、この時とある魔人がオレを見据えていたことに、オレは気づかずにいた。

「ふぅー、それにしてもさすがは領主の屋敷だな。ディナーも随分豪勢だった」

あれからオレ達は一つずつ部屋を提供され、その広さに軽く驚きつつ、十分な歓迎を受けた。

そうして豪華なディナーをご馳走してもらった後、オレはベッドに倒れ込む。

まだ最初の街ではあるが、ミーナの活躍はそこそこうまくいったのではないかと思われる。

領主から軽く話を聞いたところ、新しい作物の実りに街の人達は大いに喜んでいたという。それが魔人ミーナが持ってきてくれた種のおかげとあって、驚きもひとしおだそうで。

このまま残りの街でもうまくミーナを認めさせることができれば、彼女の『天命』を果たせるかもしれない。

そんなことを思っていた時であった。

「……ん？」

動かない。

寝返りをしようとするが、体が動かない。こ、これは一体……？

「ふっふっふっ、やーっと効いたんだー。昼間っからずーーーっと瞳で金縛りをかけていたんだけど、これまでずっと無意識に弾かれてたみたいー。っていうか私こう見えても第四位の魔人なのに、半日も金縛りの魔眼をかけてようやく効果が出るなんて、ちょっとというか、かーなりショックなんですけどー」

「ソ、ソフィア……？」

声のした方を振り向くと、いつからそこにいたのか、部屋の隅の影と一体化して潜むソフィアの姿があった。

その両の瞳は赤く煌《きら》めいており、オレの動きを止める金縛りの魔眼を使っているようだ。

「けど、これでようやくちゃんとお話ができそうだよね。お兄ちゃん♪」

動けないオレの体の上に馬乗りになるソフィア。

え、えーと？

「あ、あのー、ソフィアさん。これってどういうことでしょうか？」

「あれー、これ見て気づかないんですかー、お兄ちゃんー。もしかして鈍感さんー？　それともお兄さんってもしかしてあれー？　ど・う・て・いってやつー？」

「ぶっ!?」

思わぬソフィアの挑発の一言に噴き出す。

い、いやまあ、確かに向こうの世界では彼女どころか、そうした経験は一切なく育った非モテの人生だったけどさぁ……

戸惑うオレに対し、ソフィアは自分の指を艶かしく舐め、唾液のついた指先で頬を撫でてくる。

「ち、ちちちち、ちょっとソフィアさん!?　何がなんだか訳が分からないんですけど!?　あの、せめてこうするに至った理由くらいは説明していただかないと!?」

「えー、っていうかお兄ちゃん、本当に私のこと分からないのー？　見覚えとかないー？」

「はい？」

見覚え？　どういうことだ？　思わず彼女の顔をマジマジと見つめる。

「うっふふふ、じゃあヒント。お兄ちゃん、アタシと似た人に会ってるはずだよー」

似た人？　金の髪に整った容姿。象牙《ぞうげ》のような美しい白い肌。背中からは黒い羽が生えており、口元には尖った牙が見える。

彼女の種族はヴァンパイアか？

……ん？　待てよ、ヴァンパイア？

「あはっ、ようやく気づいた？」

オレの表情を見て、頬を赤らめるソフィア。まさか、こいつ……!?

「そうだよぉ。お兄ちゃんが以前殺した魔人ゾルアーク。あれってぇ、アタシの実の兄なの」

「なっ……!?」

ソフィアからの思わぬ告白に息を呑む。

そうだったのか。だから、こいつは最初からオレにやたらと接触を……

ということは、これまでの好意は内に秘めた殺意を隠すためのもので、本当の目的は実の兄を殺したオレへの復讐であり、こうして油断したオレの命を奪うことか……!?

思わぬ展開に冷や汗を流すオレであったが、そんなオレの表情を見たソフィアが興奮にゾクゾクしたような笑みを浮かべる。

「あはっ、もうお兄ちゃんったら可愛い。そんなに怯えた表情を見せられたらアタシ、我慢できなくなっちゃうじゃない……こんな風にぃ！」

「ぃ……ッ！」

瞬間、ソフィアはオレの首筋へと牙を突き立てる。

それは本来ならば鋭い針が刺さるような痛みであるはずが、不思議と痛み以外の感覚——快感を生じさせた。

ソフィアは首筋から流れた血を舌で器用に舐め取ると、そのまま口の中で噛み締めるように飲み込む。

「……〜〜〜んっ！　すっ……ごぃ……あはぁ♪　お兄ちゃんの血、やっぱりこれまで飲んできた人間の中でも格別だよぉ……一口飲んだだけでアタシ、軽く興奮しちゃった……えへへ」

そう言って、十八歳未満はご遠慮くださいな創作で見かけるようなメスガキの表情を浮かべるソフィア。

や、やばい、こいつはやばい。何がとは言えないが、とにかく色んな意味でやばいとオレの本能が全力で警鐘を鳴らしていた。

「……こ、このまま、オレの生き血を吸って殺す気なのか……？」

「殺すぅ？」

思わずそう問いかけたオレに、ソフィアは一瞬ポカーンとした表情を向けるが、すぐさま大笑いをする。

「あっはっはっはっはっ！　お兄ちゃんってば最高ー！　やっぱりおもしろーい！」

ソフィアはひとしきり笑った後、顔を近づけながら告げる。

「殺すわけないじゃーん。お兄ちゃんとアタシ達は同盟結んでるんだよー」

「な、なら、どうしてこんな……」

「うふふふ……それはねぇ、アタシ決めてたことがあるの。もしもアタシの兄ゾルアークを殺せる人がいたら、その人をアタシのものにするって」

「な、なに!?」

思わぬセリフに戸惑うオレであったが、それに構うことなくソフィアは続ける。

「だってさー、ゾルアークってアタシよりも弱いくせにいっつもイキってるわ、兄貴風を吹かすわで、もう最悪だったのー。けどー、いくら最低でも兄を自分で殺すのはちょっとねー。で、代わりに誰か殺してくれる人を待っていて、もし現れたら、お礼にその人をアタシの夫にしてあげようと思ってたんだ。どうせ結ばれるなら、やっぱり強い人がいいじゃない？　お兄ちゃんなら、特別にアタシの物にしてもいいって思ったしー」

「って、ことは兄の復讐とかじゃないのか？」

「あはははは！　冗談やめてよー。そんなわけないじゃないー。むしろ殺してくれてありがとう的なお礼っていうかー」

オレの問いかけに笑って答えるソフィア。ということは、この状況は単にマジでオレを性的に食べようとしているだけなのか？

いや、それはそれで困るんだが。

「い、いや、そのソフィア。オレ、こういうのはちゃんとした相手と、ちゃんとした時にしたいと考えていてさー。今ここで安易にソフィアとするのはどうかなーって思うんだけどー」

「えー、お兄ちゃんってばマジで童貞なのー？　きゃは！　ダサ可愛いー！　そ・れ・じゃ・あ、ソフィアがぁお兄ちゃんの初めてぜーんぶもらっちゃうね♪」

「って待て待て！　落ち着け！　早まるな！　まだ間に合う間に合うから、やめろソフィアーーー!!」

叫ぶオレであったが、そんなオレの言葉にますます嗜虐心《しぎゃくしん》を刺激されたのか、ソフィアが紅潮した顔で真っ赤に染まった唇をオレへと近づける。

あ、あかん！　このままじゃ、マジでこの子に食べられるー!?　吸血鬼のくせにサキュバスのリリムよりサキュバスしてるよー！　誰か助けてー!?　と心の中で叫んだ瞬間――

「――っと、失礼するアルよー!!」

そんな大声が響くと同時にオレの部屋のドアが吹き飛ぶ。

見ると、舞い上がる埃の向こう側からミーナが現れる。

「やっぱりここにいたアルか。このメスガキアル」

「あーー!!　ミーナ様！　いいところで乱入しないでくださいよー!!」

「うるさいアル。私の国ではそうしたふしだらなことは許さないと法律で決めているアル。嫌がる相手に夜這《よば》いするなど犯罪アル。ということでお前は私が回収するアル」

「うわーん！　ちょっとくらいいいじゃないですかー！　お兄ちゃんー！　助けてよー‼」

叫ぶソフィアを無視してミーナは彼女の首根っこを掴み、そのままどこかへと消える。

その後、ソフィアの金縛りの効果が消えたオレが部屋の入り口の方を見ると、騒ぎを聞きつけたらしき裕次郎と視線が合う。

「あ、あのー、ユウキさん。何があったんすか？」

「……聞くな」

そうして、二人の魔人を連れたオレの波乱万丈な人間国巡りは、一日目を終えるのだった。


【現在ユウキが取得しているスキル】

『金貨投げ』『鉱物化（龍鱗化）』『魔法吸収』『空間転移』『ドラゴンブレス』『勇者の一撃』

『ホーリーウェポン』『魔王の威圧』『デスタッチ』『武具作製』『薬草作成』『毒物耐性』

『呪い耐性』『空中浮遊』『邪眼』『アイテムボックス』『炎魔法LV3』『水魔法LV3』

『風魔法LV3』『土魔法LV3』『光魔法LV10』『闇魔法LV10』『万能錬金術』『植物生成』

「それでユウキ、次は何処に向かうアルか？」

「次はレタルス街ってところだ。ムルルの領主から、レタルス、コークス、グルテルって街から認められれば、国から認められたことになるんじゃないかってアドバイスを受けてな。ムルルからはその三つの中でレタルスが一番近い」

「なるほど。そういうことなら了解アル」

そうしてオレ達はムルル街を出発し、レタルス街を目指した。

ちなみにあの後、ソフィアはミーナによって随分説教されたようであり、頭に大きなたんこぶを乗せたまま、ふてくされた態度でついてきている。

「お、見えてきた。あそこがレタルスだ」

そうこうしていると目的地のレタルスの街が見えた。

オレは早速ミーナ達を連れて街の門へと向かう。

そこには数人の兵士が立っており、彼らはミーナ達の姿を見ると、途端に慌て出す。

「ま、魔人⁉　なぜこの地に⁉」

「く、まさかこのレタルスを占拠する気か⁉」

ムルルの時と同様の展開であったが、オレはそんな兵士達にムルルの領主から預かった書状を示す。

「待ってください。彼女達は無害な魔人です。その証拠として、ここにムルルの領主からの書状があります」

「なに？　そういうお前は――！　あなたはまさか……勇者様⁉」

「なんだと⁉」

「ほ、本当だ！　勇者の称号を持つ方だ⁉」

書状を差し出すオレの顔を見るや否や、オレが持つ称号に気づいた兵士達がまたも慌て出す。

それから書状を受け取った兵士達は、そこに押された印章を見て息を呑む。

「確かに勇者様の言うとおり、これはムルルの領主様の印章……！」

「ということは本当なのか⁉」

驚く兵士達であったが、書状が本物と分かり、またオレが勇者の称号を持っているということで納得したのか毅然《きぜん》とした態度に戻り、門を開ける。

「失礼しました。どうぞお通りください。領主様の元へご案内いたします」

「ああ、頼むよ」

兵士の案内に従い、オレ達はレタルスの街に足を踏み入れた。

◇　◇　◇

「……驚いたわね。確かにこれはムルルの領主のサイン。彼が嘘をつくとは思えないし、何よりもあなた様は勇者の称号を持つ方……でしたら、その言葉を真実として受け取り、そちらの二人の魔人の来訪も歓迎いたしましょう」

「ありがとうございます。レタルスの領主様」

そうして挨拶を交わしたのは、この街の領主であるレナスさん。

二十代後半くらいで、品の良い服装に眼鏡をかけた姿は聡明な女性という印象を受ける。

その印象の正しさを裏付けるように、彼女は書状の内容とこちらの話に納得した様子で、ミーナとソフィアが人間に害をなすために来たのではないとすぐに理解してくれた。

「この書状によりますと彼女――ミーナさんを認めさせるためにこの街に来たとのことですが」

「はい。オレ達はここにいるミーナをレスタレス連合国に認めてもらえるよう街を回っています。ということで何か我々で協力できること、あるいは困っていることはないでしょうか？」

「困ったこと、ですか……」

オレがそう尋ねるとレナスさんは何やら眉をひそめ、視線を下げる。

「何かあるんですか？」

しばらくの沈黙の後、レナスさんはゆっくりと口を開いた。

「……少し前まで、この街にも問題がありました。それが周辺の魔物による襲撃です。先日来、魔物が活発化し、他の街との交易の際、商人達が襲われる事態が多発していました。ですがつい最近、街に出来た自警団の活躍によって魔物は駆逐され、その被害も減りました」

「では、一体何が問題で？」

「それが……その問題を解決している者達が問題なのです……」

「？」

どういうことだろうか？

だが、続く領主様のセリフにオレ達——特にオレと裕次郎は驚愕する。

「現在この街は、異世界より転移してきた『転移者』なる者達が作った『自警団』によって守られ、支配されているのです……」

「異世界から転移してきた『転移者』達？」

「はい、そうなのです……」

思わず息を呑むオレ達。

ってことは、ひょっとしてオレや裕次郎と同じように王国によって召喚された連中か？

でも確か転移者のほとんどはザラカス砦の襲撃でやられ、残った連中も逃げ出したと聞く。

その転移者達が、このレスタレス連合国に逃げてきたのだろうか。

「あのー、その転移者達ってのは一体どういう連中なんすか？」

オレと同じことを考えたのか、裕次郎が遠慮がちに領主に問いかける。

「彼らは少し前に王国から流れて来た者達です。転移者だということは後から知ったのですが、彼らの力は街にいた兵士や傭兵、冒険者達を遥かに上回っておりました。事実、魔物の襲撃に悩んでいたこの街を瞬く間に助けてくれました。彼らの働きは私達にとってまさに救世主、英雄に近いものでした。ですので、私達は彼らを受け入れ歓迎いたしました。その後、彼らは私達の街を守るために『自警団』という組織を設立しました。そのおかげでこの周辺の安全は、前よりも確かなものとなりました。ですが……」

「ですが？」

不意に言葉を切った領主に対し、オレは先を促す。

領主はしばらく悩む素振りを見せたが、やがて意を決したように続ける。

「……そこから彼らの暴走が始まりました。街を守る見返りとして多額の金品を要求。これは最初毎月の約束だったのですが、今では週に一回の献上を求めるようになりました。それだけならまだしも、彼らはこの街のあらゆる施設の利用に代金を払わず、その振る舞いも横暴です。当然、税を払うこともなく、街人に対しても自分達『自警団』を敬うように命令し、口答えをしようものならその場で懲罰を加えます。確かに、彼らのおかげで魔物の脅威はなくなり、街の安全は確保されましたが、今や彼らに対して住民の不満が高まり、前よりも息苦しさが増しているのです。私もなんとかしたいとは思うのですが……彼らの力は強大で太刀打ちできません。下手に手を出して彼らの怒りを買えば、この街が滅びます……どうすればいいのか、現状何もできず、彼らのいいなりになっている状況なのです」

そう苦々しく告げた領主に対し、オレと裕次郎はいたたまれない感情にさらされる。

まさか自分達と同じ転移者が、この街でそのような横暴を働いていたとは……

転移者には特殊な能力、チートスキルが宿っている。

外《はず》れスキルと思っていたオレですら実際は超強力であり、裕次郎のスキルも気軽に使えないだけで十分チートと呼べる。

そんな転移者連中が複数でやってくれば、太刀打ちできる者などいないだろう。

そして、その力を使えば街を支配することは容易い。

いくら力を持っているからといって、それを利用して好き勝手したり、他人を支配するのは人としてやってはいけない領域であり、踏みとどまるべきことだ。

だが、この街に来た連中はそうしたタガが外れてしまったようだ。

領主の話を聞いたオレは静かにため息をこぼした後、ゆっくりと頷く。

「――分かりました、領主様。その『自警団』とやらにオレ達が直接交渉してきます」

「え!?　で、ですが、よろしいのですか？　相手はあの『転移者』ですよ？」

確かに普通の人間ならば、チートなスキルを宿す転移者の相手は骨が折れるだろう。だが。

「心配いりませんよ。それを言うならオレもここにいる裕次郎も転移者です。更に言えばオレは『勇者』の称号を持っていて、こっちの二人は『魔人』です。いくら相手が転移者によって組織された『自警団』でも問題ありません」

「勇者様……」

断言するオレに領主は驚いたような顔をするが、すぐに期待に満ちた表情を浮かべて頷く。

「分かりました。それでは皆さんにこの街の『自警団』のこと、お任せいたします」


「それにしても呆れたアルな。転移者といえば、私達魔人を倒すために異世界から呼び出された英雄と聞くアル。そんな連中が街に迷惑をかけているなんて本末転倒も甚《はなは》だしいアル」

「まあ、今回ばかりはミーナの意見が正しいな」

自警団本部へと向かう道すがら、先程の領主との会話を思い出すようにミーナがそう呟く。

それに対して申し訳なさそうに謝ったのは、オレの隣にいた裕次郎であった。

「いや、ホントすみません、皆さん……」

「？　なんでお前が謝るアルか？」

「いやその……多分オレ、この街を占領している自警団と知り合いだと思うんっす……」

「どういうことアルか？」

「実はオレ、少し前に王国にいたんすけど、そこで転移者の皆でグループになってレベル上げとかやってたんです。でも、例のザラカス砦が占拠された時に当時最前線で戦っていたパーティがそこに行って、そいつらがやられたと聞いたらあとの連中は皆散り散《ちぢ》りになったんっす……で、ここに流れ着いたのは、そんなかつてのオレの仲間だと思うんっす……」

やはりそうだったか。裕次郎の説明を聞いてオレは頷く。

「それじゃあ、裕次郎。お前はここにいる連中の目星はついてるのか？」

「はい。多分、ここにいる連中はBグループの連中っす……」

Bグループ？　なんだろうかそれは？　オレが首を傾げると裕次郎が説明してくれる。

「えっと、ユウキさんが追い出された後、残った転移者は自主的に二つのグループに分かれたんっす。それがスキルランクAを持つグループと、スキルランクBを持つグループ。これがちょうど半々で、それぞれがグループを作って固まって行動するようになったんっす。で、オレはそのBグループに参加したんっすけど、知ってのとおりオレのは『通販』っていう微妙なスキルで、グループでの活躍はイマイチでした……で、ザラカス砦が占拠された時、Aグループの連中が攻め込むことになったんっすけど、それにサポート役としてBグループから何人か派遣されたんっす。と言っても使い捨てみたいな扱いで、あとはまあ、ユウキさんの知ってのとおりっす……」

なるほど。そういう経緯があったのか。

「なら、少し心苦しいかもしれないが、その連中に関する情報を教えてくれないか？　裕次郎」

「はい、もちろんっす」

今はこの街で好き勝手やっているとはいえ、かつては裕次郎の仲間。裕次郎は少し複雑そうな表情をしつつも、状況が状況のため素直に教えてくれた。

「まずBグループのリーダーは伊藤慎二《いとうしんじ》。スキルは『霊気具現化』。これは自分のオーラを武器に変えるスキルっす。武器の強さは使用者のレベルに応じて変化して、レベルが高いほどドンドン強くなるっす。慎二さんはこの『霊気具現化』で剣だけでなく盾や鎧、弓や更にはバズーカだとか色んなものを即座に生み出すっす。ぶっちゃけ、レベル1の段階でも全身にオーラの武具を纏った慎二さんはかなりの強さでした」

ほお、スキルランクBでもそれほど強いスキルがあるんだな。

オレの『鉱物化』もランクBにしては結構応用が利くと思っていたが、『霊気具現化』はその上を行きそうだな。

「で、参謀が水瀬哲郎《みずせてつろう》。こいつのスキルは『魔物召喚』。色んな魔獣や魔物を呼び出して使役できるっす。けど、呼べるのはあくまでも『魔物』に分類される生物だけっす。それ以上の生物は呼び出せないし、呼び出して使役できるのは自分と同等レベルの相手までっす」

なるほど。これまた分かりやすく、使い勝手が良さそうなスキルだ。

それだけ便利なスキルを持っていたのに、こんな辺境に逃げることになるなんて、ある意味不幸だな。

まあ、それだけ魔人達の力が脅威だってことか……実際、リリムにはオレも少し冷や汗をかいたしな。と、隣にいる魔人二人を見つめる。

「まあ、なんでもいいアル。Bグループだか二軍だか知らないが、人々に迷惑をかけるなら私が成敗してやるアル」

そう言ってオレ達の先頭を歩くミーナが、目の前に立つ巨大な建物――『自警団本部』と書かれた建物の扉を問答無用でぶっ飛ばして、土煙と共に中へと突入する。

「失礼するアルよ。お前ら自警団連中を、私がぶっつぶしにきたアルよ」

おう、ストレートだな。

まあ、その方が話が早いか。そんなことを思っていると、奥から数人が姿を現す。

「なんだお前は？」

それは全員が黒髪で二十歳以下に見える青年達。皆、この世界の住人とは異なる珍妙な服装をしており、言ってしまえば地球の現代服の上に異世界の鎧やローブなどを纏っていた。

顔立ちも皆、日本人っぽく、よく見ればあの城で召喚された際にチラリと見たような顔ぶれだ。

彼らの表情は皆、不快そうに歪んでおり、そんな男達に向けてミーナは更に言い放つ。

「言ったとおりアル。街に迷惑をかけているお前達を潰しに来たアル」

「はあ？　おいおい、いきなり何言ってんだ、てめえ。まさかあの領主の差し金じゃないだろうな？　オレ達はこの街を守っている自警団だぞ」

ミーナの宣言に対し、中央にいた一際ガタイのいい黒髪短髪の青年がそう反感を示す。

その青年の姿を見るや否や、オレの隣にいた裕次郎が一歩前に出る。

「ひ、久しぶりっすね。慎二さん」

「あぁ？　誰だよオレの名前を気安く呼ぶ奴は——って、お前まさか裕次郎か⁉」

「そ、そうっす。お元気にしていたっすか」

「ははは！　こりゃ驚いたぜ！　お前、例のザラカス砦に行っておっ死《ち》んじまったんじゃねえのかよ？」

「ま、まあ、見てのとおり、なんとか生きて帰ったんっすよ……」

「ってことはあれか？　例のAグループの連中を見捨てて逃げてきたんだろう？　お前らしい臆病な生き残り方だな。オレ達のグループにいた頃も逃げ足の速さと、やばいことが起きるとすぐに隠れる才能だけはピカイチだったもんなー」

慎二と呼ばれた男がそう言って笑い声を上げると、周囲の連中もそれに同調するように笑い出す。

裕次郎はそれに対し「そ、そうっすね……」と苦笑いを浮かべて頷く。

うーむ。どうやら裕次郎はこいつらと一緒にいる時、パシリのような扱いを受けていたようだ。

で、それが今でも抜けてないようで、彼らを前にすると気弱な一面が出る。

それを見て不愉快に思ったのか、ミーナが眉間にシワを寄せると、裕次郎をかばうように前に出る。

「お前ら、情けない連中アルね。そういうお前達はザラカス砦に救援に行くことなく、そこに行った連中が全滅したと聞いたらすぐに逃げ出したんだろう？　なら、ここにいる裕次郎の方が、お前達のような口ばかり達者な連中より何倍も勇敢アル。少なくともこいつは魔人のいた死地に赴いて、生きて帰ってきたアル。たとえ、それが隠れたり、逃げたりだったとしても、戦場で自分の命を守るためにとった行動ならなんら臆病ではないアル。それを笑い者にするお前達こそ腰抜けアルよ」

「……なんだと？」

ミーナがそう言うと、慎二と呼ばれた男が明らかにイラついた様子でこちらを睨む。

周囲の連中もその発言がカンに障ったのか、少し物々しい雰囲気を醸《かも》し出している。

「で、僕達に何か用ですか？　言っておきますけれど、さっき慎二さんが言ったとおり、僕らはこの街を守っている自警団ですよ。その僕達に何の文句が？」

慎二の隣に立っていた眼鏡をかけた男子がそう尋ねてくる。

おそらくはこいつが、裕次郎が言っていた参謀の水瀬哲郎なのだろう。

「何が自警団アルか。聞けばお前ら、この街の連中を守る代わりに金品を要求して、街の施設でも好き勝手していると聞いたアルよ。領主も、今や外の問題よりもお前達に困っていると言っていたアルよ」

「はあー？　言いがかりも甚だしいですね。僕らは正当な権利を要求しているだけですよ。どこの世界に無償で街や人を守るバカがいるんですか？　金だって、僕達が生活できる程度を要求しているだけですよ。街の施設も、僕らが守ってるんだからどう使おうと勝手でしょう」

「けれど、それがやりすぎって場合もあるだろう？」

ミーナと自警団との会話に思わずオレも参加する。

すると自警団の連中は皆、怪訝な顔でオレを見る。

「オッサン、誰だよ？」

「安代優樹だ。こう見えて君達と同じ転移者の一人だよ。あとオレは別にオッサンってほどの年齢じゃないよ。そりゃ、君よりは年上だけど、まだ二十三だよ」

「はあ？　二十三なら十分オッサンだよ」

目の前の少年にそう言われ、オレは思わず心の中でショックを受ける。

そ、そうか……二十三って、高校生や中学生からするとオッサンなのか……ショ、ショックすぎる……

「つーか、アンタみたいな転移者見たことねえよ。Aグループにもこんなオッサンはいなかったぞ」

その発言に周囲の自警団も頷く。

まあ確かにオレ、転移してすぐに王様から切り捨てられたからな。そんなことを思っていると、自警団の内の一人が何かを思い出したようにオレを指差す。

「いや待て。確か一人、転移してすぐに使えないスキルってことで厄介払いされた奴がいなかったか？　このオッサンがそいつじゃないか!?」

「そういえばそんなのがいたような……」

「あー！　いたいた！　そうだそうだ！　思い出した！　裕次郎よりも影が薄くて忘れてたよー！」

男がそう叫ぶと、周囲の連中もオレのことを思い出したのか次々と笑い出す。

まあ、確かにこいつらから見れば、オレはBグループにすら入れなかった外れ枠だから、バカにするのも当然か。

そして、それを肯定するように自警団のリーダーと思《おぼ》しき慎二が、オレ達の方へと近づく。

「くっくく、そうかそうか。あの領主、お前と裕次郎が転移者だと知って、それでオレらをどうにかしようと送り込んだのか。ったく、街の連中もバカだな。同じ転移者でも宿したスキルで天と地の差があるんだよ。なあ、そうだろう、裕次郎？　お前のような便利な道具を買うだけの『通販』とかいうクソスキルで、オレの『霊気具現化』に勝てるわけがないよなぁ？」

「うっ……」

そう言って慎二が睨みつけると、裕次郎はまるで蛇に睨まれたカエルのように固まる。

うーん、こりゃ裕次郎も結構なトラウマがあるようだ。

だが、ここでそんな連中と出会ったのはある意味、幸運かもしれない。

なんとか裕次郎自身の手でこいつらを見返させてやりたい、という気持ちがオレの中でふつふつと湧いてくる。

「御託《ごたく》はいいアル。さっさとこの街から出て行くか、それとも私達に締め出されるか、好きな方を選ぶアル」

「あぁ!? さっきからなんだこの女ぁ!? アルアルうるせーなぁ！ てめえみたいな勘違い中華娘が、オレら無敵の自警団に勝てるとでも思っているのかぁ!?」

慎二のその一言に、ミーナはにこやかな笑みを浮かべた直後、額《ひたい》に青筋《あおすじ》を立てる。

あ、やっぱその口調をバカにすると逆鱗《げきりん》に触れることになるのですね。

ミーナの殺意にさしもの自警団達も危機感を覚えたのか、一斉に戦闘態勢に入る。

それを見たミーナはため息をこぼし、その身に僅かな魔力を宿す。

おお、さすがは第二位の魔人。まだ本格的な戦闘態勢を取っていないのに、僅かな殺気を身に纏っただけでかなりの威圧を感じた。

しかし、慎二達は彼女とのレベル差が大きすぎるのか、それに全く気づいていない。

というか、ミーナが魔人の称号を持っていることにも気づいていない様子だ。

もしやと思っていたが、どうやら『称号』というのはこの世界の住人にのみ効果が働くようだ。

「なら、望み通りボコボコにしてやるアルよ。ちなみに私のこの口調をバカにした罪で当初の予定よりもボコボコにするアルから、腕の五本や六本は覚悟するアル」

「上等だ。やれるものならやってみやがれ！」

そうこうしている内にミーナと慎二の間で散っていた火花が臨界点に達し、今まさに両者が拳を振るおうとした瞬間、オレはそれを慌てて止める。

「ストップ！　ちょっと待ってくれ。ここで全員で本気でバトルをしたら、街にも迷惑がかかる」

本音のところは、ミーナがここで本気を出したらこいつらをボコボコにするだけではなく街にも被害が出るかもしれない、と思ったのだ。そうなると街の人達からの印象が悪くなる。

「なら、どうしようって言うんだ？　てめえがタイマン張るか？」

「なるほど、タイマンはいい考えだな。ただし、その役はオレじゃない」

「？　どういうことだ」

オレはニヤリと笑みを浮かべ、隣に立つ裕次郎を差す。

「ここにいる裕次郎がお前を倒す。彼が負ければオレ達は手を引こう。けどもし勝ったら、お前達はこの街を出て行け。この条件でどうだ？」

オレの宣言に対し、この場にいる全員が息を呑んだ。

「……おい、お前……今、なんて言った？」

「ちょ!?　ユウキさん!?」

裕次郎が慌てた様子でオレの腕を引っ張る。

一方で慎二はすぐさま大爆笑をし、腹を抱えた。

「はははははははははっ！　あーはっはっはっはっはっはっ!!　おいおい、マジかよ！　そいつが！　その雑魚《ざこ》の何の役にも立たない裕次郎が？　オレとタイマンして勝つ？　あーはははははは！　こりゃ最高の笑い話だ!!　おい、お前ら！　こいつらに拍手しておけ!!　ここまで笑わせたアホは久しぶりだぜ！　あーはっはっはっはっはっ!!」

大笑いする慎二につられたように周りの転移者達も笑いながら拍手をする。

無論、その顔には嘲りや侮蔑など、こちらを見下す感情が込められていた。

「くっくっくっ、いいぜいいぜ。その条件呑んでやるよ。つーか、オレが負けるわけねぇだろう」

「言ったたな。その言葉、忘れるなよ」

笑いながら頷いた慎二のセリフに、オレは思わず笑みを浮かべる。

計算通り。やはりこちらの挑発に乗った。

「ちょっと待ってくださいよ、ユウキさん！　いくらなんでもオレがあの慎二さんに勝てるわけないっすよ!?　今からでも遅くないから、オレの代わりにユウキさんやミーナさんで挑んだ方が——！」

しかし、当の裕次郎は未だ困惑した様子であった。

そんな裕次郎に対し、オレは静かに問いかける。

「裕次郎。お前はそれでいいのか？」

「……え？」

「オレはお前があいつらのグループにいた時のことは知らないが、それでもあいつらからかなり悲惨な扱いを受けていたのは分かる。それにかつての仲間であるあいつらが、この街で住民達相手に勝手をしているのを知って、お前だって心を痛めていたじゃないか。オレやミーナであいつらをやるのは簡単だ。けれど、お前自身の気持ちや、けじめとしてはどうなんだ？」

「…………」

オレの問いに、裕次郎は黙ったまま答えない。

やはり裕次郎も思うところはあったようだ。

かつて自分が所属し、その自分をいいように扱っていた連中が、この街で好き放題やっている。

それを知れば、自分の手でなんとかしたいと思うのは当然だろう。

オレが裕次郎を指名したのは、それなら相手が挑発に乗ってくるだろうという計算以上に、裕次郎自身で彼らに対するけじめをつけてほしいと思ったからだ。

そして、どうやら裕次郎も同じ気持ちであったようだ。

「……本当にオレがやってもいいんっすか？　ユウキさん」

「ああ、ぶちかましてやれ。お前があいつらと別れてから、どう成長したかをな」

「――はいっす！」

オレのセリフに頷く裕次郎。

慎二率いる自警団連中はニヤニヤとした顔のまま、それを見ていた。

「おいおい、くせぇ芝居はもう終わりか？　なら、さっさと始めようぜ。すぐにそのパシリ野郎をボコして、お前らも簀《す》巻《ま》きにして街の外に捨ててやるよ」

そう言って指の骨を鳴らしながらこちらに近づく慎二。

まあ、実力的に自分が負ける訳はないと自惚《うぬぼ》れているのだろう。

だが、こいつは二つの致命的なミスに気づいていなかった。

一つはこいつらと別れてから裕次郎がどう成長したか。

そして、もう一つは――オレのスキルを知らないことだ。

「その前に少し準備をさせてくれ。なに、すぐに終わるから」

「はっ、好きにしな。どうせそいつの『通販』のスキルで何か武器でも買うんだろう？　いいぜいいぜ、好きにしな。てめえらの金で買えるような武具なんて、オレの『霊気具現化』で全部叩きつぶしてやるよ」

そりゃ、ありがたいことで。

オレはお言葉に甘えて、裕次郎に頼んで『通販』のスキルを使用してもらう。

そして、その中からいくつか良い武器を選択していく。

ん。この『灼熱《しゃくねつ》の剣』と『吹雪《ふぶき》の剣』とか良さそうだ。オレは早速その二つの武器を購入することに決める。

「どうもっす。ユウキさん、この二つの武器で戦えってことっすよね？」

「まあ、そうだが、ちょっと違う。ここからはオレも試したいことがあるんでな」

「？　どういうことっすか？」

戸惑う裕次郎に対し、オレは両手に持った剣で〝裕次郎に対してアイテム使用〟をする。

「スキル！　『アイテム使用』！」

瞬間、オレの両手にあった武器は裕次郎の体の中へと消えていく。

どうやら成功したみたいだ。

「ユウキさん、今のは一体……？」

驚く裕次郎に、オレは自分のスキルを確認するよう促す。だが――

「え、ええと、特に何も増えてませんけど……」

「え？」

裕次郎のそのセリフに今度はオレが驚く。

あれ、おっかしいな？　今の『アイテム使用』は明らかに裕次郎に対してやったつもりで、二つの武器も裕次郎の中に消えたはずだが、どういうことだ？

もしかして、オレの『アイテム使用』は他人には使えないのか？

うーん、と悩むオレであったが、ふとあることに気づく。ひょっとして、と自身のスキルを覗くとそこには――

「――なるほど、そういうことか。裕次郎。オレのこのスキル欄を見ろ」

「え？」

裕次郎が覗き込んだそこには、二つのスキルが記載されていた。

スキル：炎熱操作（ランク：B）　付属先：裕次郎
効果：体内、体外の熱量を自在に上昇させることが可能。
熱量を操作することで様々な炎を生み出せる。

スキル：氷雪操作（ランク：B）　付属先：裕次郎
効果：体内、体外の熱量を自在に低下させることが可能。
天候すら操作可能となり、雪や吹雪を降らせることもできる。

そして、二つのスキル名の後ろには『付属先：裕次郎』と書かれていた。

つまり、アイテム使用によって他人にスキルを与える際は、あくまでもオレのスキルとして扱われ、それを『貸し与えている』状態になるようだ。

なので、主導権はあくまでもオレにあり、いつでも相手からそのスキルを抜き取れるようだ。

なるほど、こういう扱いなら、もしもオレがスキルを与えた相手が死亡、あるいはオレを裏切ったりしても、スキルの与え損にならない。

まあ、現状この二つのスキルは裕次郎に与えておいて問題ないだろう。そうしてオレはスキルの内容を裕次郎に教える。

「大雑把に言えば熱を操作して、炎とか氷を生み出せるスキルだ。応用次第で色んなことができるだろうし、今のお前ならこの二つのスキルがあれば十分に戦えるだろう」

「はい、了解っす！　何から何まで色々ありがとうっす。ユウキさん。それじゃあ、オレやってみるっす」

「おう、頑張れよ」

ガッツポーズを取る裕次郎の背中を軽く叩き、オレは彼を見送る。

裕次郎が前に出ると、それまで退屈そうに柱に背中をあずけていた慎二がニヤニヤと見下した笑みを見せながら近づく。

「裕次郎。お前、マジでオレとやる気なんだな。言っとくが、前のオレと同じと思わない方がいいぞ？　お前が砦に行ってAグループが全滅した後、こいつらを引き連れてこの街に来たオレは様々な魔物を撃破して、あれからレベルが10以上も上がったんだぜ？　今のオレの実力は、あの頃のAグループの連中と同じだぜ。お前のようなアイテムを買うだけのスキルで勝てると思うなよ」

アイテムを買うだけのスキルねぇ……

まあ、それを言うならオレのはアイテムを使うだけのスキルだが、そういう使ったり買ったりできるスキルってのが案外チートになるというのをご存知ないようだ。

慎二の威圧に対し、裕次郎は多少ビビったような顔になるが、すぐさま頭を振って戦闘態勢を取る。

それを見た慎二は忌々《いまいま》しそうに舌打ちすると、こちらもゆっくりと構えを取る。

「けっ、そこにいる奴に何を吹き込まれたか知らんが、教えてやるぜ。裕次郎。てめえのようなヘタレの荷物係りはすっこんでなッ！」

そんな慎二の咆哮と共に、二人の戦いが始まる。

まず先に動いたのは慎二の方であった。

「スキル発動！『霊気具現化』！」

慎二の宣言と同時に彼の体を金色のオーラが包み込む。

それは見る見る内に黄金の鎧へと変化した。

「へへ、どうよ。裕次郎。こうなったオレは通常の武器や攻撃を一切受け付けないぜ。ちなみに――」

慎二が黄金の籠手《こて》に包まれた右腕をすぐ横の柱へとぶつける。

その瞬間、柱は粉々に砕け散った。

「どうよ、この威力。知ってのとおり、霊気具現化に包まれたオレの体は、全身が最強の矛《ほこ》であり盾よ。お前じゃ、どうあがこうともオレに傷一つつけられないぜ。痛い目見ない内にさっさと降参したらどうだ？」

「いや、そういうわけにもいかないっす。悪いっすけど、オレは最後までやらせてもらうっす」

「……へえ、そうかよ。人がせっかく親切で聞いてやったのに、なら、精々《せいぜい》泣き喚いて無様にオレに謝罪しろや！」

裕次郎の返答がカンに障ったのか、慎二は不快そうに顔を歪めると、そのまま裕次郎目掛け突撃してくる。

「おら！　死ねえええええ!!　裕次郎!!」

慎二は裕次郎の顔面に向けて、渾身《こんしん》の右ストレートを放つ。

周りにいた自警団達はそれを見て「決まった！」とかはしゃいでいるが、オレやミーナ達の感想はむしろ正反対だった。

よくもこの程度であんなに吠《ほ》えたものだ。オレ達に対しても、そして裕次郎に対しても。

「――ふっ」

「なっ!?」

裕次郎は顔面に迫るパンチを受け止めると、そのまま慎二の力を活かして手首をひねり、壁目掛け投げつける。

慎二は裕次郎の反撃が予想外だったのか受け身を取ることもできず、そのまま壁に激突。全身を霊気の鎧で包んでいるとはいえダメージはあったようで、苦悶《くもん》の声を漏らす。

「がはっ!?」

「なっ!?」

それを見て、はしゃいでいた自警団達は一気に静まり返る。

慎二はといえば先程までの余裕の表情を崩し、明らかな怒りの表情を浮かべる。

「裕次郎……てめえええええッ！　手加減してりゃいい気になりやがって！　この三下野郎がああああ!!　もう勘弁ならねぇ！　てめえはここでぶち殺す!!」

その宣言と同時に慎二の手に生まれたのは、ロケットランチャーのような武器。

正確には霊気によって具現化された武器なので、そこから発射されるものもロケットなどではなく霊気の塊だろう。

とはいえ、そんなものをここでぶっぱなそうとは、よほど頭に血が上っているようだ。

現に、それを見た他の自警団達が慌てて叫ぶ。

「お、おい！　慎二、お前何やってんだよ！　そんなもんここで撃ったらオレ達まで――！」

「うるせえ！　知るか！　そんなもんてめえらでなんとかしろ!!」

仲間の制止すら振り切り、慎二は右手に生み出した霊気のロケットを打ち出す。

慌てて逃げ出す自警団連中。

だが、そんなロケットを前にしても裕次郎は落ち着いた態度のまま、静かにスキルを口にする。

「――スキル『氷雪操作』」

と同時に彼を中心とした空気が一瞬にして凍り、飛来していた霊気のロケットも空中で凍りつく。

無論、霊気によって作られたロケットとはいえ、凍ってしまえばそれはただの物体。爆発することなく静かに砕けた。

「なっ⁉　ば、バカな⁉」

驚き叫ぶ慎二。次々とロケットを撃ち出すが、それらは全て裕次郎を中心とした氷結の空気に触れると同時に凍りつき、彼に届くことなく、粉々に砕け散る。

「無駄っすよ。慎二さん、アンタのスキルはよく知ってるっす。確かにロケットのような近代兵器を霊気によって具現化するのはすごいっす。特にこんな異世界でそんな近代兵器を自由に使えるならそりゃ無敵っすね。けど、今のオレには空気を操作するスキルがある。アンタがロケットを作れば、それが作動しないようにロケットの周囲の空気を凍らせるだけっす。凍らせてしまえばロケットだろうが霊気だろうがただのガラクタっす」

「ぐっ⁉」

裕次郎の言うとおり、もはや慎二が霊気で作り出す近代兵器は役立たずだった。

残る手段は剣や槍といった原始的武器を生み出し、近接攻撃をするしかない。

それに慎二も気づいたのか霊気によって生み出した剣を両手に取ると、そのまま裕次郎を斬りつけようと迫る。

「ふざけんなよ、裕次郎！　死ね！　死ね死ね死ね！　てめえなんかがオレに勝てるわけねえだろおおおおお‼」

雄叫《おたけ》びを上げ、裕次郎に斬りかかる慎二。

だが、裕次郎はそれを紙一重で避けると、慎二の霊気の鎧へと手を触れる。

「スキル『炎熱操作』」

すると裕次郎の手のひらより灼熱の炎が生まれ、慎二の体を包み込む。

「うおおおおおおおおお!!　……なんてな」

が、驚くことに全身を炎に包まれても慎二は平気な顔のままだ。

「バカが！　オレの鎧はただの鎧じゃねえ！　霊気を物質化した鎧だぞ！　そこにはマジックアイテムのような効果があって、通常の炎や氷に対する耐性があるんだよ！　そんな炎や冷気、いくら食らっても効かねえよ!!」

そう叫び、再び剣を振るう慎二。

さすがに奴のスキルもBランクというのは伊達《だて》ではないようだ。

しかし裕次郎は慎二の攻撃を難なく避けると、その鎧目掛け今度は氷の攻撃を行う。

「無駄無駄！　言っただろうが！　炎や冷気には耐性があるって！　オレのこの霊気具現化は最強の矛と盾なんだよぉ!!」

「へぇ、そうっすか。じゃあ、これなら——どうっすか！」

凍ったままの鎧に再び燃え盛る拳を放つ裕次郎。

それに対し慎二は余裕の笑みを浮かべ、避けることなくそのまま受け止めようとする。が、裕次郎の拳が触れた瞬間、慎二の鎧はまるでガラス細工のように粉々に砕ける。

「なっ!?　ば、バカなあああああああああ！！？」

霊気の鎧を砕いた裕次郎の拳がそのまま慎二の胸に入り、慎二は背後の壁に激突して血を吐き出す。

辛うじて意識はあるようだが、今の一撃は確実に致命傷。慎二は息も絶え絶えの様子で、目の前の裕次郎を睨んでいた。

「な、なんでだよ……お、オレの霊気の鎧はそこらへんのマジックアイテムよりも遥かに上だぞ……そ、それがなんでてめえなんかの拳に……!?」

「簡単っすよ。高熱と冷気による極度な温度変化のせいで、鎧の耐久力が削られたんっす。いくら霊気で作られた防具とはいえ、ランチャー同様物質化しているのなら、こういう攻略法もありっしょ」

「は、はあ? ふ、ふざけんなッ! あんな一回や二回の温度変化でオレの霊気の鎧がボロボロになるわけが――!」

「一回や二回じゃないっすよ。最低百回は拳をぶち込んだっす」

「……は、はあ?」

間抜けな声を出す慎二に対し、裕次郎は右の拳を向ける。

普通の人間には、それがただ輝いているようにしか見えないだろう。

だが、実際はそうではない。あの裕次郎の拳では超高温と超低温、二つの温度が瞬きの間に交互に移り変わっており、その急激な温度変化によって拳が光っているように見えるのだ。

「さっきの攻撃の際、この超温度変化の拳を何度もぶつけさせてもらったっす。慎二さんには一発にしか見えなかったかもしれないっすけど。なので、慎二さんの鎧が砕かれたのは当然の結果っす」

「ば、バカな⁉　そんなバカなことがありえるかよ！　お前のような雑魚になんでそんな真似ができる……⁉」

「慎二さん。一つ聞きたいんっすけど、慎二さんの今のレベルっていくつっすか？」

「はあ？　レベル51だ！　てめえのようなカスと違って、今のオレはあのAグループの連中にも――」

「あー、レベル51っすか……それじゃあ、オレには勝てないっすよ、慎二さん。だって、今のオレはレベル86っすから」

「な、なにいいいいいいいいぃ⁉」

なにげなく告げられた裕次郎のレベルに、慎二だけでなく全ての自警団員が息を呑む。

だが、これは当然の事実である。

なぜなら裕次郎は、これまで時間を見つけてはオレやイスト、ブラック達が鍛えていたのだ。

これはファナを救うために魔国領土を目指す旅を始めた頃よりの日課のようなものであった。

無論、魔国に着いてからも裕次郎はイストやブラック、更にはリリムの側近の魔物達からも訓練を受けていた。

まだまだイストやブラックには及ばないまでも、最近ではその二人を相手にしても、そこそこ戦えるようにはなっている。

なので、慎二は最初からとんでもない勘違いをしていたのだ。

オレが裕次郎に与えたスキルを抜きにしても、そもそもの実力差が最初からあったわけだ。

むしろ、これならばスキルを与える必要もなかった。オレは慎二の実力を過大評価していた。

「くっ、ふ、ふざけるな！　オレが裕次郎なんかに負けるかよ！　おい、お前ら！　こいつらを潰せ！　今すぐこいつらをここで潰せー!!」

しかし、やられた慎二は自分の負けを認められないのか、後ろに控えていた自警団達へとそう叫ぶ。

それを聞いた自警団達は、それぞれ武器やスキルを使おうとするが――

「おっと、そういうつもりならこちらも容赦しないアルよ」

「そういうこと。ルールを破るような奴らにはアタシ達も容赦しないから♪」

「なっ!?　か、体が動かない!?」

自警団達が動こうとした瞬間、その出端をくじくように、ソフィアは例の魔眼によって、ミーナは指先から放った銀色の糸によって彼らの動きを止める。

「下手なことをしない方がいいアルよ。ちょっとでも動けば、私の糸は全身を細かく切り刻むアル」

「ひっ!?」

ミーナの忠告通り、全身を糸によって拘束された連中が僅かに動くと彼らの頬や腕より血が滴《したた》り、それに気づいた自警団達は恐怖の表情のまま固まる。

「て、てめえら、一体何者だ⁉」

そこでようやくミーナ達の異常さに気づいたのか、慎二が正体を問う。

それに対してミーナは、文字通り悪魔のような笑みで答える。

「私はミーナ。魔人の一人アル」

「ま、魔人だと⁉」

その称号を聞いた瞬間、慎二だけでなく彼ら全員が息を呑み、見る見る内に顔が青ざめていった。

「そういうことアル。それでどうするアルか？　まだ続けるアルか？　こっちとしてはそれでも構わないアルよ。ただしその場合、お前達全員皆殺しコース決定アルけど、その覚悟はアルか？」

「ひぃいいいいいいいいぃ⁉」

冷酷な表情を浮かべてそう言い放ったミーナを前に、恐怖で顔を歪める慎二。

その後は言うまでもなく、大人しく自らの負けを認めて、この街から出て行くと誓約するのだった。

◇　◇　◇

「はぁはぁ……ちきしょうがーッ‼」

森の中で、咆哮と共に慎二は近くにあった樹に拳をぶつける。

裕次郎達との戦いより半日。慎二達自警団は街を追われることとなり、行き場をなくしてあてもなく森を彷徨《さまよ》っていた。

裕次郎達との戦闘に敗北した怒りを何度となく撒き散らす慎二に対し、周囲にいたメンバーが恐る恐る声をかける。

「な、なあ、慎二。そうイラつくなって、たかが裕次郎にやられたくらいでさ……」

「あぁぁッ!? オレがあんなカス野郎にやられただと!? もういっぺん言ってみろ! 哲郎!」

「ひ、ひぃぃ! ま、待て! 悪かった悪かったよ!」

怒りのまま、参謀の水瀬哲郎の胸ぐらを掴み、そのまま彼を地面に押し倒す慎二。

周りの仲間達はやりすぎだろうと顔をしかめるが、無論そのようなことを口にできるはずもなかった。

一方の慎二は、裕次郎達に対する怒りと復讐心に胸の内を支配されていた。

「くそがッ……ふざけんなよ……! オレ達が何したって言うんだよ……ッ。勝手にこんな世界に呼ばれて、勝手に世界のために戦えって言われて、そんなもの受け入れられるかよ! 勝手に呼び出されたこの世界で自分達に宿ったスキルを使って好きに生きて、何が悪いっていうんだ!? この世界の連中がどうなろうと、んなもの知るかよ! オレらは被害者なんだぞ! だから、オレ達がこの世界で何しようが勝手だろう! 当然の権利だろう! それをあの裕次郎にオッサン共、ふざけやがって！　オレ達の領土を土足で踏みにじって、挙句奪い取るなんてふざけんじゃねえぞ!!」

慎二の怒りは、ある意味でもっともな部分もあった。

だが、自らを被害者だと叫びながらも、その行動は略奪者のそれに成り果てていることに、本人は気づいていなかった。

「あの連中に復讐してやる……けど、さすがにあんな魔人までいたら、オレらじゃ手が出せない……一体どうすれば……」

怒りに震えながらも、自分ではあの連中には届かないと冷静な思考が囁く。

仲間達も、無駄な復讐などやめて別の街でまた好き勝手しようぜと誘うが、慎二はそれには乗れなかった。

もはや彼の中では、ユウキ達に対する復讐こそが、第一になっていたのだから。

「——なら、僕が協力してやるよ」

「ッ!?　誰だ!?」

突然聞こえた声に振り向く慎二達。

怯える彼らの前に、闇の中からある人物が姿を現す。

その姿を見た瞬間、慎二達は驚きに息を呑んだ。なぜならそれは彼らにとって、ありえないはずのことであったのだから。

「!?　お、お前は……!?」

「お前の怒り。もっともだよ、慎二。だから、今度は僕達がこの世界に復讐する番だ。なあに、心配はいらない。そのための力は手に入れた。望むなら君にも――同じ力を与えよう」

闇の中、その人物は不気味な三日月の笑みを浮かべ、真紅の瞳を輝かせる。

その瞳を見た瞬間、慎二の周りにいた仲間達は恐怖に凍りついたが、慎二だけは恐怖ではなく喜びを顔に浮かべ、差し伸べられた手を握った。

「さあ、それじゃあ――復讐の始まりと行こうか」


【現在ユウキが取得しているスキル】

『金貨投げ』『鉱物化（龍鱗化）』『魔法吸収』『空間転移』『ドラゴンブレス』『勇者の一撃』

『ホーリーウェポン』『魔王の威圧』『デスタッチ』『武具作製』『薬草作成』『毒物耐性』

『呪い耐性』『空中浮遊』『邪眼』『アイテムボックス』『炎魔法ＬＶ３』『水魔法ＬＶ３』

『風魔法ＬＶ３』『土魔法ＬＶ３』『光魔法ＬＶ10』『闇魔法ＬＶ10』『万能錬金術』『植物生成』

『炎熱操作』『氷雪操作』

第四使用▽魔人ソフィア

「いやあ、ようこそお越しくださいました勇者様方、歓迎いたします。私はこのコークスの街の領主でルドルフという者です」

「こちらこそ、どうも。オレは安代優樹って言います」

「私はミーナアル」

「オレは裕次郎っす」

レタルスでの問題を片付けたオレ達は、新たな街コークスへとたどり着いていた。

レタルスでは、自警団を追い出したオレ達に街の人達が感謝し、その功績にミーナが協力してくれたと領主に告げると、彼女もミーナにお礼を述べた。無論、街の人達の多くもミーナを認めてくれた。自警団よりも魔人の方がまともじゃないかとネタにされたほどだ。

魔物の襲撃に関しても、あの自警団が周囲の魔物を全滅させていたようで、もう大丈夫そうだった。念のためミーナやソフィアに周囲を確認してもらい、更に魔力による結界を街に張ってもらった。

そんなこんなでオレ達は新しい街コークスへと向かったのだが、そこへ到着するや否や領主自らオレ達を出迎えてくれた。

「というか、オレ達のことをご存知なのですか？　ルドルフさん」

「それはもちろん！　ムルルとレタルスの領主から皆さんの話はすでに聞いております。魔人を連れた勇者様達で、街で起きている問題を解決してくれたと。この街の者達にも皆さんのことは話しておりますので、ここではどうぞゆっくり羽を伸ばしてください」

その領主の宣言どおり、領主が用意してくれた馬車に乗り、街を見て回っているのだが、街の人達のオレ達に対する反応はこれまでの街とは異なっていた。

今まではミーナやソフィアの姿を見るや、恐怖や敵意を見せる人達がほとんどだったのだが、この街の人達の視線は好奇心や興味といった感情を感じさせた。

兵士達も敵意を持った様子はなく、領主の言うとおりこれまでのオレ達の活躍がこの街にいる人達の耳にも入っているということなのだろう。

少しずつだが、ミーナの『天命』に対して協力ができてると思い、オレは誇らしい気持ちになる。

そして、ミーナもまた、これまでよりもどこか清々しい気持ちで街にいる人達を見ている様子だった。

「時にそちらのお嬢さんのお名前は？」

そんなことを思っていると、先程唯一返事をしなかったソフィアに対し、ルドルフさんが尋ねる。

「んー、アタシのことー？　アタシはソフィア。まあ、適当によろしくねー。おじさんー」

「ってこら、ソフィア。お前はそうやってやる気のない挨拶ばかりして――」

「えー、別にいいじゃんー。ミーナ様ー。っていうか、アタシは別に人間に好かれたいとか思ってないし、その必要もないしー」

そう言ってやる気のない態度を見せるソフィア。

まあ確かに、人間の国に認められなければいけないというのは、あくまでもミーナ個人の『天命』。ソフィアはそれには全く関係ないし、彼女の言うとおり好かれようが嫌われようがどうでもいいのだろう。

とはいえ、できることなら彼女にも協力的になってほしい。

だが、なぜだかルドルフさんはソフィアに対して、驚いたような顔を見せた。

「……そうですか。ソフィアさんと言うのですか」

「？」

一瞬、そう呟いた領主の顔が曇ったような気がした。

しかし、次の瞬間にはそれを消し去るように柔和な笑みを浮かべる。

その後、領主の館へと到着したオレ達は、談話室にて詳しい話をすることとなった。

「というわけで、こちらにいるミーナを街の人達に認めてもらいたいのですが、何かこの街で起きている問題などありませんか？」

「問題、ですか。いえ、この街には現在それほど切羽詰まった問題はなく、どの問題も我々で対処できるものばかりでして、特別皆様の力が必要なものはない状況ですね」

「そうですか……」

領主の答えにオレはうなだれる。

そりゃそうだ。行く街行く街で必ず何かの問題があるわけではない。むしろ、そういう問題がないのが、本来あるべき姿なのだから。

とはいえ、どうするか。

これまでは何らかの問題が発生していたために、それを解決することでミーナが人々にとって有益な存在であるとアピールでき、認めてもらうことができた。

しかし、そうした問題がない街では簡単には認めてもらえないだろう。どうするべきかと悩むオレに、ミーナが至極真っ当な意見を口にした。

「それなら、この街では地道に人々の手伝いをするアル」

「へ？」

「なんと」

ミーナのその発言に、オレも領主のルドルフさんも驚いて声を上げる。

問題がないのなら、確かにそれが唯一の手段ではある。

しかし、そうした手段だと結構な時間と労力がかかる。果たしてそれをミーナがどこまでできるかが問題だ。

「よろしいのですか？　手伝いと言われましても、することと言えば、下水の掃除や各商店への荷物の運搬。周辺の魔物狩りや、雑用などになりますが」

「構わないアル。むしろ私はそういうことがしたくて、この人間の国に来たアルよ」

しかし、ミーナは思いのほか笑顔で答える。

そんな自信満々なミーナに、オレも裕次郎も顔を合わせて頷く。

「そういうことならオレ達も協力するぜ」

「そうっすね。というか、そういう雑用ならお手の物っすよ」

「皆様……」

オレ達の答えにルドルフさんは驚き、すぐに感心したような顔を向ける。

が、ただ一人ソフィアだけは退屈そうにあくびをしていた。

「ふわぁ～、皆張り切ってるわね～。アタシはそういうめんどいのパス～。ここで昼寝しているから、お兄ちゃん達で頑張って～」

と、ソファに横になる。

うん。分かっていたが、やはりそういう自分勝手なことを言い出したか、ソフィア。だが、お前の上司のミーナはそれを許してはくれないぞ。

そんなオレの心を読んだかのように、ミーナは横になったソフィアの耳を引っ張る。

「何言っているアルか。お前もやるアルよ」

「いたたたたたっ！　痛い痛い痛い！　ミーナ様、耳引っ張らないでくださいー！　分かりました、分かりました！　やりますからやめてくださいー！」

「ははは、分かりました。それでは、皆さんにお任せいたします」

そう言って笑みを浮かべる領主さんに頷き、オレ達のコークスにおける人々への貢献が始まるのだった。


「はーい、それじゃあ次の荷物を運搬しますねー。これはどこの街に送るやつですか？」

「これはムルルの街の武具店に卸す武器なんだが、本当に今すぐに運べるんですかね？」

「ええ、問題ありません。荷物をそこに置いてください」

「わ、分かりました」

「それでは行きます。スキル『空間転移』！」

「おお！　あれだけ大量にあった荷物が一瞬にして消えた!?」

「これで先程の武器はムルルの街の武具店に転移しました。向こうにもあらかじめ、倉庫に届くと連絡を入れておいたので問題ありませんよ」

「助かりました！　さすがは勇者様です！　ありがとうございます」

「勇者様！　次はこちらの荷物を！　中身は魚などの生もので、しかも隣国に運ばないといけないのですが、馬車を使っても一週間以上かかって……！」

「問題ありませんよ。オレの『空間転移』なら、どんな場所でも地図さえあれば即座に移動させられますので」

「おお、さすがは勇者様です！」

あれからオレ達は街の人達に貢献できるよう、様々な場所で手伝いをしていた。

オレはスキル『空間転移』を使い、この街から各街への荷物運搬を買って出た。

一方のミーナは――

「さ、さすがは魔人様です。この周辺で暴れていたナックルベアーを一撃で仕留めるとは……」

「これくらい大したことはないアル。それより、お前達はこのあたりを狩場にしていると言ったアルな。それなら周辺の樹にバツ印を書いておくといいアルよ」

「は？　それはどういうことでしょうか？」

「ナックルベアーという魔物の習性アルね。連中は樹にバツ印があると、それが他のナックルベアーの縄張りだと気づくアル。だから、この周辺の樹にバツ印を書いておけば、後から別のナックルベアーが来ても、その印を見てこの狩場から出て行くアルよ」

「な、なるほど！　さすがは魔人様です。魔物の生態にも詳しいとは……それでは早速周囲の樹に印をつけて回ります！」

ミーナは狩人と冒険者を連れて、街の狩場に現れたナックルベアーという魔物退治に向かった。

その際、ただ退治するだけでなく、今後の対策なども色々指導したようだ。

魔国の三大勢力の一つを治める魔人だけあって、その統率力はさすがだ。

更に裕次郎はというと——

「うへ～、さっすが下水道っすね。臭いがきついっす～。っていうか、下水が詰まってる原因は、この巨大ネズミが増殖していたことっすね。そういうことなら遠慮なく退治させてもらうっすよ～！」

「ちゅちゅー！」

裕次郎は街の下水掃除を担当し、そこで下水が詰まっていた原因である巨大ネズミを倒した。

他にも、街のゴミ置き場に溜まったゴミをスキル『炎熱操作』などで焼却、使える部分は真新しい金属に加工して鍛冶屋や武具店などに進呈したそうだ。

オレが与えたスキルを裕次郎はすでに十分に使いこなしているらしく、オレとしてはまるで子供の成長を見守る親のようにちょっと誇らしい。というか、裕次郎曰く「『通販』のスキルよりもずっと使いやすいっす」とのこと。

そして、オレ達の中で一番の問題児。第四位の魔人ソフィアはというと——

「はぁい、ようこそ、お客様ー♪　こちら、コークスで一番美味《おい》しいお食事処ですよー。アタシはここでバイトしている可憐で小悪魔なメイドのソフィアでーす♪　皆さんもぜひぜひこのお店のお料理食べていってくださいねー。一度食べれば、病《や》みつきですよぉ」

「うおおおおー！　看板娘のソフィアちゃん可愛いー！　天使もとい小悪魔最高ー！」

「おい！　オレは三人前頼むぞ！」

「何言ってんだ、こっちが先に注文したんだぞ！　ソフィアちゃん！　こっちも注文よろしくー！」

「ソフィアちゃん！　オレにはデザートを！　ソフィアちゃん特製の濃厚ミルクかけってやつを頼むー!!」

「はぁい、そんなにがっつかなくてもちゃんと皆さんお相手しますよぉ。まったく、これだからザ・コ・は困るんだからぁ」

『うおおおおおおおお!!　ソフィアちゃんー!!』

と、なぜだかソフィアに協力をお願いした飲食店は爆発的な人気と売り上げを見せた。

廃業寸前まで追い詰められていたその店は、おかげでかなり助かったとオレ達に頭を下げてきた。

ううむ、やはり可愛いメイドによる接客というのは、どこの世界でも需要があるのだな。

というか、あまりに影響力が強すぎて不安になるんだが……気のせいか、ソフィアがバイトしている店に来ている男達の目がどれもハートマークになっているような……？

「おい、ソフィア。お前、まさかとは思うが魔眼で客に魅了《チャーム》の魔術をかけてないアルか？」

「ギ、ギクッ」

そんなソフィアのあまりの大人気っぷりを訝しんだのか、ミーナがそう聞く。

すると傍目《はため》にも分かるほど、ソフィアが動揺し出す。

「な、なんのことですか～、ミーナ様～。いくら接客するのが面倒だからってアタシがそんなことするわけないじゃないですか～。これは全部アタシの可愛さによるものであって～、童貞のキモオタ共ってアタシみたいなオタク受けするゴスロリ小悪魔可愛い系の後輩キャラに弱いっていうか～」

「今すぐチャームをやめて、真面目に仕事するアル。分かったか？」

「……は、はぁ～い」

その後、反省したソフィアは真面目にバイトにはげんだのだが、結果としてチャームの魔眼を使っても使っていなくても客足に影響はなかった。客達はどうやらマジで素でソフィアに魅了されていたようであり、そのおかげで各方面よりソフィアにバイトに来てくれとお願いをされた。

そんなこんなでオレ達の慌ただしい日々は、気づくと一週間以上過ぎていた。

「ふわぁ～ん、今日も疲れたよぉ～」

ソフィアがいつものようにソファァに寝そべり、それを見たミーナが呆れてため息を吐く。

「情けない奴アル。たかが接客でそんな風に疲れていては、人間への貢献などやってられないアルよ」

「そんなこと言われましても～。アタシ魔国じゃ上流階級の生まれなんですよ～。っていうかミーナ様だって知ってるじゃないですか～。アタシは普段から人に使われるよりも使う方が得意だって～」

「つべこべ言わずに明日も飲食店の接客に行くアルよ」

「えー、もうやだー。これいつまで続けるんですかー、ミーナ様ー」

「決まってるアル。この街の人々に認められるまでアル」

「それっていつですか～～！」

ミーナの命令に半泣き状態で叫ぶソフィア。

まあ、気持ちは分かる。が、こういう地味な積み重ねが信頼関係に繋がるんだよ、ソフィア。

そんなことを思っていると、二人を見ていた領主さんが笑いながら声をかけてくる。

「はっはっは、お二人はいつ見ても賑やかで仲がよろしいですな。羨ましい限りです」

「これは領主殿。今日も手伝いをさせてもらったアル。街の周囲の狩場は安全になったし、街の者達にも周辺の魔物への対処法を教えておいたアル。あとそれから兵士達に、私から少し訓練をつけておいたアル。何かあった際に備え、この街の戦力を鍛えておいて損はないアル」

「これはミーナ殿、かたじけない限りです。いやはや、皆様に色々と貢献をしていただいて本当に助かっております。お陰様で最近では住民達からお礼の言葉がこの館にまで届いておりますよ」

「そう言われて、私の方こそ嬉しい限りアル」

領主からの言葉に素直に笑みを浮かべるミーナ。しかし、ソフィアはそんなミーナと領主の顔を見ながらどこか不満そうに呟く。

「けど、領主様もおかしな人ですねー。お兄ちゃん達はともかく、アタシやミーナ様って魔人ですよー。いくら、他の街の領主達が信頼したからって、こんなにアタシ達のことを信頼していいんですかー？　というか領主様ってお人好しすぎー、そんなんじゃ身近な人に寝首かかれますよー？」

「こら、ソフィア！　貴様何を言って――！」

「はっはっはっ、構いません構いません。そう思われても仕方ないですから」

ソフィアの軽口に対し、ミーナがすぐさま叱咤《しった》しようとしたが、それを領主は笑いながら受け流す。

「……実はお二人、というよりもそちらの少女を見た瞬間、あなた方が悪い魔人ではないとすぐに気づきました。いや、そう思い込みたかった。だから、あなた達をこんな風に受け入れたのかもしれません」

そう言って領主はソフィアの顔を見つめる。

その表情は、最初にソフィアの名を聞いた時と同じ、どこか哀愁を感じさせるものであった。

「？　どゆこと？」

「実は……私には娘がいましてね。その子もソフィアという名前でした。あなたを見ていると、その子を思い出すのです。性格はあまり似ていませんがね。ははっ」

「……その子、今はどうしてるの？」

「亡くなりました。あの子が十歳の時に流行病にかかりましてね。生きていればあなたと同じくらいの年齢でした。ですからまあ、私があなた方を受け入れたのは、そんな娘の面影《おもかげ》をあなた達に勝手に見たからですね。ははっ、全くおっしゃるとおり、私は甘い性格の領主ですね。これでは確かに、いつ寝首をかかれるか分かりませんよ」

そう言って冗談めかして笑う領主であったが、今の話を聞いたソフィアもミーナも彼女達にしては珍しく黙り込んでいた。

やがて領主が部屋を退出しようとした際、ソフィアが声をかける。

「ねえ、あのさ……よければだけれど、おじさんのこと……パパって呼んであげようか？」

そのソフィアのセリフに、領主もオレも驚いて彼女の顔を見る。

当のソフィアは自身のらしくないセリフに照れているのか、耳を赤くしてそっぽを向いている。

そんな彼女の姿を見て領主は嬉しそうに微笑む。

「ありがとうございます、優しい魔人のお嬢さん。ですが、ご心配にはおよびません。あの子はもういませんが、あの子が亡くなる前に私に作ってくれたこのお守りがあります。これがある限り、あの子の気持ちはいつでも私と一緒にありますから」

そう言って領主は胸元から手製の十字架を見せる。

ヴァンパイアのソフィアに対して十字架とは、これまた因縁的だなと思うオレをよそに、ソフィアはそんな領主の笑顔と胸元の十字架を見ながら、どこか安心したように微笑《ほほえ》む。

「そっ、なら天国の娘さんにもよろしくって祈っておいてね。同じソフィアって名前のよしみだし。それとここにいる間は、アタシも少しは街への貢献をしてあげるから感謝してよね」

「はは、それはもちろん。ソフィアさんには感謝しております」

そう言って領主は笑みを浮かべながら退出する。

ソフィアと話している時の領主はとても嬉しそうであり、またソフィアもまんざらではない様子であった。

オレはそんな二人を温かい目で見守り、ミーナだけでなくソフィアもまた、この国から認められるといいなと思い始めていた。

だが、その時のオレは知らなかった。

これがオレ達と領主との最後の会話になることに——


その朝、オレは突如館に響いた絶叫で目を覚ました。

「きゃあああああああああああああああああ!!」

「ッ！　なんだ!?」

今の声は……オレ達のいる二階よりも上、三階から聞こえたようだ。

確か三階にいるのは領主とそのお世話をしている使用人達だけのはず。一体何が？

困惑したままオレは部屋を飛び出すと、すぐさま三階へと駆け上がる。

すると廊下の先には、腰を抜かして座り込んでいるメイドの姿があった。

彼女は震える指で目の前の開いたままになっている扉の向こうを指差しており、オレはすぐさまその中へと駆け込む。

「なっ⁉」

そこで見たものは信じがたい光景であった。

床一面に広がる血。その中心に倒れているのは——領主ルドルフさんの死体。

だが、オレが真に驚愕したのはそんなルドルフさんの死体の前に佇む少女、ソフィアの姿であった。

ソフィアは虚ろな表情のまま床に倒れるルドルフさんを眺めていて、やがてオレに気づいたのかこっちの方を見る。

「……お兄ちゃん……」

「ソフィア、お前何を——？」

「動くなっ‼」

オレが問いかけようとした瞬間、背後より声がかかる。

振り向くとそこには、兵士達がオレやソフィアを取り囲むように武器を突き出していた。

「これは一体何事だ⁉」

「りょ、領主様⁉　な、なぜ領主様がこんな⁉」

彼らは床に倒れる領主の死体に困惑していたが、すぐさまその顔に怒りの表情が生まれ、すぐ傍に立つソフィアを睨みつける。

「貴様が……貴様がやったのか⁉　魔人！」

「!? ま、待ってくれ！　こ、これにはきっとわけが――」

「ええい、黙れ！　いくら勇者様とはいえ、この状況を見逃すわけにはいきません！」

オレがなんとか弁明しようとするが、それより早く兵士達が告げる。

「我らの領主様を殺した容疑者として、貴様達の身を捕らえさせていただく！」

◇　◇　◇

「……参ったな」

あれから兵士達に捕らえられたオレとソフィアは、街外れにある牢屋へと入れられた。

この牢屋には、魔物を入れても大丈夫なくらい強力な魔術がかけられている。

とはいえ、この程度の魔術ならオレもソフィアも自力で抜け出すことは可能だ。

だが仮にそれをしても状況を悪化させるだけ。ミーナが人間の国で認められるという目的を達成することはできなくなる。

いや、すでにその目的もかなり危うい状況となってしまった……

「ソフィア、話してくれないか。あそこで一体何があったんだ？」

「…………」

オレは向かいの牢にいるソフィアに話しかける。

あれからソフィアは一言も話すことなく、ただ黙って兵士達にされるがまま、この牢屋に入った。

普段の彼女なら文句の一つでも言って、すぐに逃げ出すか抵抗するかしていただろう。

だが不思議なことに、いつもの生意気な態度は一切なく、むしろショックを受けたような悲愴感が漂っていた。

「……今朝、起きたら部屋に手紙があったの。領主様から部屋で話がしたいって……」

「…………」

「それで領主の部屋に行ったのか？」

「教えてくれ、ソフィア。領主はお前が……殺したのか？」

オレの問いに頷くソフィア。ということは、その時に何かが？

「…………」

そんなはずはないと思いつつも震える声で問いかけるオレ。

だが、返答はなく、ソフィアはじっと俯いたまま。

しかしやがて、意を決したように彼女が何かを告げようとした瞬間——

「ここにいたアルか。ユウキ、ソフィア。迎えに来るのが遅くなってすまないアル」

突然、通路の奥にあった扉が開かれ、そこから見知った姿が現れる。言うまでもなくそれはミーナと裕次郎の二人であった。

「ミーナ！　裕次郎！」

オレはすぐさま名前を呼ぶが、二人の表情は険しく、纏った空気も重々しい。

「……状況は聞いているアル。ユウキ、なんとかお前を牢から出すように説得はできたアル。幸い、あの時領主の部屋の前にいたメイドがお前は後から来たと証言してくれたアル」

「そうか……助かった」

オレはミーナに礼を言うが、彼女の表情は暗かった。

「けれど、ソフィアの方は……ダメだったアル。そのメイドもあの場にいたのはソフィアのみで、他に容疑者は見なかったと証言しているアル。だから館の人間も街の者達も、ソフィアが領主を殺したと噂しているアル。現状、魔人という理由だけでソフィアが犯人と断言する者も多いアル」

「そんな⁉　ソフィアがそんなことをするわけが――」

否定しようとするオレであったが、しかしそれを遮るようにミーナは続ける。

「それだけじゃないアル。領主の死体から、ソフィアが犯人かもしれないという重大な証拠が出てきたアル」

「重大な……証拠？」

それは一体何かとオレが問うより早く、ミーナは衝撃の事実を告げる。

「首筋についた牙の痕アル。領主の死因は、首筋からの出血死、大量の血を吸い取られたことによる死アルよ」

「首筋の牙、出血死……それってまさか⁉」

「そうアル。こんな真似は普通の人間やただの魔物にはできないアル。これができる種族はただ一つ――ヴァンパイアだけアル」

ミーナが告げたその一言にオレは息を呑んだ。

ヴァンパイア。それはソフィアの種族である。

そして、そのような魔物がこんな辺鄙《へんぴ》な街にそうそういるはずがない。今、ここにいる魔人のヴァンパイアを除いて。

「ヴァンパイアは魔物の中でも希少種で、普通は魔国にしかいない種族アル。領主を殺した犯人がヴァンパイアと思われる以上、その種族であるソフィアが犯人であることはもはや疑いようがないとされているアル。このままではソフィアは犯人として裁かれるアル。とはいえ、彼らの力でソフィアを殺せるとは思えないアル。となるとソフィア含む我々がこの街から……いや、この国そのものから排斥《はいせき》される。そう考えられるアルね」

「ちょっと待ってくれ！　それって……！」

「そういうことアル。これで私の『天命』は果たせなくなったアルよ」

そんなバカな……この国に来て、これまで色々な街を訪れて、そこで多くの人々からの理解を得てきた。

あと少しで、この国にミーナという魔人を認めてもらうことができるかもしれない。そう思っていたのに、それがこんなあっさりと潰れるのか？

それも本当にソフィアがやったのかどうか分からないことで……

悔しさとショックのあまりオレは拳を握り、歯を食いしばる。

だが、そんなオレに対し、ミーナは告げる。

「けれど、私はまだ諦めてないアルよ」

ミーナの宣言にオレは思わず顔を上げる。するとそこには、まだ希望に満ちたミーナの表情があった。

「私は、ソフィアは殺していないと信じているアル。そうアルな、ソフィア。お前はあの領主を殺したのか？」

先程オレがしたのと同じ問いをミーナは投げかける。

それに対し、ソフィアはしばしの沈黙の後、静かに答える。

「……違う。アタシは殺していない」

「そうか。なら、私はお前を信じるアル」

ソフィアの答えにミーナはあっさりと頷く。

「お前が殺していないというのなら、答えは一つアル。この街には〝別の吸血鬼〟がいる。そいつが犯人アル。私は、そいつを見つけて連れてくる。それがソフィアの無実を証明する唯一の手段アル」

「ミーナ……」

ミーナがそう告げると、後ろに控えていた裕次郎が鍵を開け、オレを牢から出してくれる。

「というわけでユウキ。力を貸してくれるアルか？」

「当然だろう」

手を差し伸べるミーナに、オレは間を置くことなく答え、その手を握る。

オレの答えを聞いたミーナは笑みを浮かべ、そのままの表情でソフィアの方を振り向く。

「お前には申し訳ないが、もう少しそこにいてもらうアル。心配いらないアル。すぐに私達でお前の身の潔白を証明してくるアル」

「…………」

オレと裕次郎もそれに頷き、それから急ぎ牢を後にする。

だが、実はこの時。

暗い牢の中で一人佇むソフィアは、何かを決意するかのように唇を強く噛み締めていたのだった。

◇　◇　◇

「ヴァンパイアだと？　そんなもの、あのソフィアとかいう魔人以外にいるわけがねえだろう！」

「領主を殺した犯人はどう考えてもあの魔人だろう。そもそもオレは最初からお前達を街に入れるのには反対だったんだ。それをあの領主様が……」

「聞き込みだと？　余計なことをするな！　犯人はあのソフィアとかいう魔人以外にいるものか！」

「悪いな。勇者様とはいえ、アンタに話すことなんて何もねえよ」

あれからオレ達は、事件について何か知らないか街の人達に事情聴取をしたが、彼らのほとんどがソフィアを犯人と決めつけていて、まともに相手すらしてくれなかった。

「おい！　お前がミーナとかいう魔人か！」

そんな中、路地の向こうから声がかかる。

見るとそこにはくたびれた男が立っており、彼はミーナに近づくと彼女の胸ぐらを掴み、怒声を上げる。

「薄汚い魔人が！　お前のような種族がオレ達人間の国に入ってきてるんじゃねえぞ！　他の街ではうまく本性を隠していたんだろうが、お前の目的は人間の国を蹂躙《じゅうりん》、支配することだろうが！　甘言を吐いてオレ達の領主を騙し討ちしやがって！　お前のような薄汚い魔人は今すぐこの街から出て行け！」

そう言って、男はそのままミーナを突き飛ばす。

普段のミーナならば、このような人間の男に簡単に突き飛ばされたりはしない。

それがここまで無抵抗なのは、自身の『天命』のために己を抑えているのか。それとも――

「けっ、てめえらもそうだが、オレらの領主様もアホだぜ。こんな信用の欠片もない魔人を迎え入れたばっかりに殺されたんだからな。お人好しも度が過ぎればアホだってことだ」

男がそう吐き捨てた瞬間、オレはこれまでにない怒りを感じた。

確かにこの街の領主はお人好しで甘い部分があった。

だが、そんな彼だからこそ、オレや裕次郎だけでなく、ミーナやソフィアにも優しくしてくれた。

他の街では愛嬌がなかったソフィアも、あの領主にだけは心を許していた部分があった。

いつだったか、仕事から帰ったソフィアが客間で領主と二人で茶菓子を食べている光景を見た。

領主は亡くした娘の面影をソフィアに見ていただろうし、そしてソフィアも領主との会話を心から楽しんでいて、それはまるで本当の親子のようだった。

そんなソフィアが犯人のはずがない。

何よりも、こんな奴にソフィアや領主をけなされていいはずがない。

気づくとオレは怒りに任せて、男の胸ぐらを掴んでいた。

「ッ!? な、なんだよ、勇者様!? お、オレを殴ろうってのか!? いいのかよ、そんなことをして!? いくらアンタが勇者様でもここで問題を起こせばタダじゃ済まないぞ!?」

「ちょ、ユウキさん。落ち着いてっす!?」

オレの行動に慌てる裕次郎の声が聞こえるが、そんなものは気にしていられなかった。

人間が、ふざけるなよ……

ミーナとソフィア。二人が魔人だというだけで、称号のみを見て彼女達の内面を見ず、問題が起きれば真相を解明することなく排斥しようとするとは……

そう思った瞬間、オレの脳裏にはかつてオレを呼び出した王様やその配下達、更にはレタルスで問題を起こしていたあの自警団達の顔がフラッシュバックする。

なんと自分勝手で思い上がった傲慢な存在なのか、人間とは……

こんな連中にミーナを認めさせるだと？　そんなことできるはずがない。

もしもミーナの『天命』を果たす手段があるとするのなら、それはこいつらを『魔王』たる我が――

「もうそこまでにするアル」

その一言にオレはハッとする。

気づくとミーナがオレの腕を掴んでおり、オレは彼女に諭されるまま掴んでいた手を放す。

「ぐっ！　こ、こんなことをしてタダで済むと思うなよ、勇者様！　てめえら全員、もうここで終わりなんだからよ！」

そう吐き捨てると男は、路地の向こうへと姿を消した。

オレはミーナに対して頭を下げる。

「……すまないミーナ。お前がこらえていたというのに、オレがあんなみっともない真似をするとは……」

「気にするなアル。お前の怒りはもっともアル。本心では私も怒っているアルよ。けれど、それでもソフィアの冤罪だけは晴らさないといけないアル。これはあいつ自身の名誉のためアル」

「ミーナ……」

そう優しく微笑むミーナがソフィアのことを大事に想っており、普段彼女に厳しいのはその愛情の裏返しなのだとオレは今更気づく。

「それにしてもミーナはすごいな。これだけされてもまだ人間に手を出さないなんて。それほど『天命』を果たしたいってことなのか？」

「『天命』、か……」

オレがそう問いかけると、ミーナはなぜだか一瞬、寂しげな表情を見せた。

だが、すぐにそれを払いのけるとオレと裕次郎に告げる。

「……いずれにしても、このままでは埒《らち》があかないアル。ここは一旦分かれて情報収集をするアル」

「それはまあ、確かにそうだが……ミーナは大丈夫なのか？」

ミーナ一人では先程のように街の人達から絡まれる可能性もある。そう思ったのだが、ミーナは首を横に振る。

「心配いらないアル。それに私が聞き込みするのは人間相手ではないアル」

「？　どういうことだ？」

「人間のことは人間に。魔物のことは魔物に聞けということアル」

そのミーナの説明にオレは得心する。

なるほど、ミーナはオレ達と分かれて、この街の周囲にいる魔物達から話を聞くということか。

確かに街の人では分からぬ情報を魔物が持っている可能性は高い。

なら、オレと裕次郎でこの街の人達への聞き込みを続けよう。

そう納得するとオレ達は各々、自分達にできることをするべく次へと向かうのだった。

◇　◇　◇

夜。月の光が窓の隙間から差し込む牢屋の中でソフィアは佇んでいた。

ユウキやミーナ達が去った後、ソフィアはある感情に支配されていた。

それは領主を殺したという嫌疑をかけられた憤《いきどお》りでも、ミーナやユウキ達に迷惑をかけた罪悪感でも、領主を殺されたことへの復讐心でもなかった。

無論そうした感情もあるが、今彼女の中に宿っている感情はそれらよりも強いもの。

すなわち、責任感。

これは『自分』がやらなければいけない、使命だと感じていた。

「……ねえ、看守さん」

「ああ？　なんだ、魔人。言っておくがお前に食料などは――」

ソフィアが声をかけた瞬間、牢屋の入口に立っていた兵士達数人が振り向く。それだけで十分であった。

魔人にしてヴァンパイアでもあるソフィアの瞳に魅入られた兵士達は一瞬でその意識を支配され、彼女の命令するまま牢の鍵を開ける。

その後ソフィアが指を鳴らすと同時に、兵士達は地面に倒れて眠りにつく。

それを確認したソフィアはゆっくりと牢屋から姿を消し、夜の街を飛行する。

満月が浮かび雲一つない絶景の夜空。

ヴァンパイアたる彼女が力を発揮するには絶好の時間であった。

だが、それはこれから彼女が戦う相手にとっても同じ。

あの時、領主の部屋を訪れた際、ソフィアは一瞬だが領主を殺した犯人を見ていた。

はっきりと顔を見たわけではないが、その人物が纏う気配を忘れるはずがない。

領主の首筋に噛み付き、邪悪な笑みを浮かべてソフィアを一瞥した後、闇となり消えた人物。

その人物を見た瞬間、ソフィアはすぐには動けなかった。

いや、正直に言えば彼女の思考は停止し、完全に固まっていた。

なぜなら、それほどその者はソフィアにとってありえない人物であり、同時にその人物が領主を殺したという事実が、彼女の中で決して許せない罪として刻まれたからだ。

そのことを思い出し、悔しさと憎しみで奥歯を噛み締めるソフィア。

やがて、町外れの古びた教会の屋根に降り立ったソフィアが口を開く。

「そろそろ出てきたらどう？　いくら気配を消しても同族のアタシには分かるわよ。ううん、この場合は〝家族〟と言った方がいいかしら……」

するとと目の前の空間が揺らぎ、闇が現れる。

「久しぶりね、まさか生きているとは思わなかったわ。お兄ちゃん、ううん――魔人ゾルアーク」

その名を口にすると、目の前の闇が笑い声を上げる。

それは決してソフィアとの再会を祝う歓喜ではなかった。

そこにあるのは侮蔑と憎悪。そして、暗い復讐心が滾《たぎ》った男の笑い。

「くっくっくっ、ゾルアーク？　確かに僕はある意味でゾルアークであって、しかしゾルアークではない」

その男――闇に包まれたヴァンパイアが黒衣を翻《ひるがえ》して姿を現す。

男の姿を見た瞬間、ソフィアは衝撃を覚える。

流れるような金の髪。それは紛れもなく自分と同じ髪の色であり、ゾルアークの髪とも同じもの。

しかしそこに浮かんだ顔は、ゾルアークとは異なる十代後半の少年の顔。

ゾルアークとは似ても似つかないはずなのに、なぜか一瞬ソフィアには、少年の顔がゾルアークの顔とかぶった。

だが、それ以上にソフィアが驚愕したのは、目の前の少年がユウキに似た、いわゆる日本人の顔立ちをしていたからだ。

「あ、アンタ……何者……？」

ゾルアークと同じ気配を持ったその少年を前に、ソフィアは初めて自分が震えていることに気づく。

そんなソフィアを眺めながら、少年は血のように真っ赤な瞳を血走らせ、舌なめずりと共に告げる。

「僕の名は——大和智史《やまとさとし》。かつて魔人ゾルアークというヴァンパイアの手によって命を奪われた転移者達のリーダーだった男だよ」

◇　◇　◇

「そういえば……少し前に見知らぬ連中が数人街に入ったのを見たよ。多分、冒険者じゃないかな？　けど、皆変わった格好をしていたな」

「そうっすか。情報ありがとうございますっす。呼び止めてすまないっす」

ユウキ達と別れた裕次郎は、領主殺害の件についての事情聴取を一人で行っていた。

またその際、領主の件について尋ねても得られる情報はないと踏んで、別方面から攻めることにした。

それが、最近街に来た人間や変わった出来事は知らないか、という問いかけ。

幸い、それらに関する情報が僅かばかり手に入った。

（見知らぬ連中……ただの冒険者ではないっぽいっすけど、そいつらが何か事件に関わりが……）

そう思いながら路地を歩く裕次郎であったが、そんな彼の背中に誰かが声をかける。

「よお、久しぶりだな。裕次郎」

「!?　その声は!?」

慌てて振り向いた裕次郎の前には、見知った顔ぶれが立っていた。

「こんなところで何やってんだ？　もしかして例の領主様殺害の件でも調べてるのか？」

そこにいたのは先日レタルスの街で、自警団と称し好き勝手暴れていた慎二のグループであった。

彼らのニヤついた笑みを見た瞬間、裕次郎は嫌な予感を覚えた。

「伊藤慎二……」

「なんで慎二さんが領主殺害の件を知ってるんすか？」

「そりゃ、この街じゃ今や大ニュースになってるからなぁ。いやぁ、それにしても災難だったなぁ。なんて言ったか、お前と一緒にいた魔人ソフィアか？　まさかあいつが領主様を殺すとはなー！　いやぁ、さすがは極悪な魔人だぜ。善良な領主様を殺して街を混乱に叩き落とすとは。いずれにしろ、これでてめえらも終わりだな。オレら以上にお前らはもうこの街に、いやこの国に入ることすらできねえ。よくて永久追放だわなぁ」

そう嘲るように言って見下す慎二を見て、裕次郎は思わず奥歯を噛み締める。

「……ソフィアさんはやってないっす。彼女は無実っす。その証拠を必ず掴んでやるっすよ」

「へえ、そりゃご立派なことで。けどなぁ、いくらあの魔人が無実だって証拠を集めても結局は無駄になるぜ」

「？　どういう意味っすか？」

ニヤニヤと気色の悪い笑みを浮かべながら、慎二は驚くべきことを告げる。

「お前らの仲間、あのソフィアって魔人は今オレ達の手中にある。つまり、生かすも殺すもオレら次第ってことだわなぁ」

「⁉　バカな⁉」

慎二が告げた言葉に裕次郎は驚愕する。

それもそのはず、今ソフィアは牢屋の中にいるはずなのだ。仮にソフィアが脱獄していたとして、彼女を慎二達が捕らえられるはずがない。

だが、慎二達は自信満々にいやらしい笑みを浮かべたままで続ける。

「まあ、信じる信じないは自由でいいぜ。とはいえ、オレらは優しいからなぁ。特別にお前らにチャンスを与えてやるよ。あのソフィアって魔人の命が惜しければ、街外れにある教会跡に来な。ああ、もちろん、あのユウキって奴も連れてこい。そこでお前とあいつに復讐してやるよ」

そう言って笑う慎二の瞳の奥には暗い憎悪の炎が宿っており、それを見た瞬間、裕次郎は迷うことなく駆け出す。

「そんな必要はないっすよ！　今ここでアンタらをボコボコにして吐かせてやるっす！」

叫ぶと同時に慎二の顔を目掛け拳を振るう裕次郎。

だが、裕次郎の拳が慎二の顔に入った瞬間、彼らの姿は霧のように消えた。

見るとあたりには無数のコウモリが散っており、それらはまるで裕次郎をあざ笑うかのように甲高い鳴き声を上げていた。

『逸《はや》るなよ。てめえとの決着はすぐにつけてやる。もっとも、お前にその気があればだがなぁ』

「!? ま、待て！ 慎二！」

どこからともなく聞こえる慎二の声に叫ぶ裕次郎であったが、周囲に散っていたコウモリは消え、静寂が訪れる。

一人その場に残された裕次郎は急ぎ、ユウキの元へと向かうのだった。

◇　◇　◇

「……どうして、なの……」

「あぁぁ？」

「どうして……アンタが魔人に……ううん、それよりも……どうして、これほどまでの……力を……？」

そこは月明かりすら入らない、闇に支配された教会跡の内部。

少し前まで、ソフィアは目の前の人物と壮絶な戦いを繰り広げていた。

だが、その結果は彼女の惨敗であり、今や全身に傷を負い、為すすべもなく地に伏せている。

そんな彼女を打ち倒した人物こそ、大和智史。

かつて転移者のリーダーとして打倒魔人のために戦い、そして魔人ゾルアークによって無残に殺された男であった。

「くふふふっ、本当に気づかないのかよ？　だとしたら随分頭のゆるいお嬢様だねぇ。言っただろう、僕はお前の兄である魔人ゾルアークに血を吸われて殺された。血を吸われた人間がそのまま放置されればどうなるか、吸血鬼のお前が知らないはずないだろう？」

「……ヴァンパイアによる眷属化……」

「そう、その通り。有名な話だよねー。吸血鬼に血を吸われれば、同じ吸血鬼になるって」

「そんなの、当然知ってるわよ……けれど、アンタはただのヴァンパイアじゃない……アタシやゾルアークと同じ魔人……ううん、それ以上の魔人になっている……それは、どうして……？」

血まみれのままソフィアは己を負かした男を睨みつける。

そんな彼女の視線を受け、大和はその唇を三日月に歪める。

「ゾルアークは魔人でもあり吸血鬼でもある。なら、その眷属となった者があいつと同じ魔人の吸血鬼として目覚めても不思議じゃない。まあ、とはいえそれだけじゃないんだろうけどね。おそらくは僕の『スキル』が関係してるんじゃないのかな」

「スキル……？」

「そう、僕は呼び出された転移者の中で最強と言われるスキルを宿した、Aグループのリーダーだった。その僕が持つスキルこそ『英雄特権』。こいつはね、僕自身に対するあらゆる判定や運命を成功に導くスキルさ。もっと言えば、無条件で僕を英雄として覚醒に導いてくれるのさ」

自慢げに語る大和に、ソフィアは納得したように頷く。

「……つまり、アンタのそのスキルの判定によって、ヴァンパイア化するだけじゃなく、魔人化への判定も成功したってこと……」

「ピンポーン、そういうこと。まあ、こんな奇跡は億分の一くらいなものだろうさ。実際、僕以外のAグループの連中は誰も蘇《よみがえ》らなかったしねぇ」

そう言ってため息をこぼす大和だが、そこに仲間達に対する憐憫は一切感じられない。

「……それで、アタシをこうしてハメて襲ったのは……復讐のつもりなの……？」

「んー？　まあ、確かにそれもあるねぇ。何せ、ほら、僕ってさー。君の兄に殺されたからさー」

ソフィアからの問いにケラケラと笑って答える大和。

そんな彼に対し、ソフィアは言いようのない不快感を覚えていた。

普通ならば同情して然るべき相手だが、しかし目の前の男は明らかに自らが魔人として蘇ったこの結果を楽しんでいた。

そして、それを肯定するように大和は告げる。

「まあ、本音を言うとねぇ、君の兄貴には感謝してるんだよぉ。確かに殺されたけれど、おかげでこんな素晴らしい力を得て蘇ったんだからさー！　あはははは！　素晴らしいよね！　魔人の力って！　以前の僕もこの世界じゃ最強だって思えるほどの強さだったけれど、今の僕はそれを遥かに凌駕する力を手に入れたよ！　事実、あの時はゴミのように殺された僕が、格上の魔人である君を打ち倒したんだから！　いやぁ、最高だよぉ！　この力と僕のスキルさえあれば、もはや無敵だぁ！　はははははははははっ！」

「……なら、どうして領主まで殺したの……？　アタシ一人を狙えば……よかったでしょう……」

哄笑する大和に対し、ソフィアは奥歯を噛み締めながら問う。

そんな彼女に大和は目を細め、あざ笑うように答える。

「んー、いやぁ別に深い理由なんてないよ。あの領主と君達の仲がいいって聞いたからさ、それを殺したら面白いかなーって。実際、君達のあの反応は傑作だったよ。あはははは！」

そう言って無邪気に笑う大和。

そんな彼を見て、ソフィアは見下すように笑みを浮かべる。

もはやこの男には人間としての真っ当な感情など残っていない。魔人としての本能と、吸血鬼としての残虐性しか残っていない。魂まで魔物に成り果てているのだと。

「……そう、アンタ……アタシの兄とそっくりよ……」

「あぁ？　どういう意味だよ？」

「アタシの兄も、最初はあんな奴じゃなかった……優しいお兄ちゃんだった……アタシのことを大事にしてくれたし、ミーナ様にも一緒に仕えて、魔人になったらミーナ様のために一緒に戦おうって約束してくれた……」

けれど、とソフィアは過去を思い起こし、その顔に哀愁を漂わせる。

「あいつは、変わったわ……魔人の称号を得た途端それに呑み込まれ、力を求めるようになった……それでイゼルを捨てて、この人間国にやってきては人間達を喰らい出した……ただ強くなるために。あいつは強さに取り憑かれ、それに飢えてしまった……あいつは負けたのよ……自分が持つ『魔人』という称号に……アンタも称号持ちなら分かるでしょう？　称号には力が伴う。けれど意思が弱ければ、その称号が持つ力に呑み込まれる……アタシがどうしてゾルアークを、お兄ちゃんを嫌いになったか分かる？　あいつが負けたからよ……称号に呑まれ、アタシとの約束を破った……アンタも同じよ……あの時のゾルアークと……アンタは強くなったんじゃない……力に呑み込まれた弱者よ……！」

「…………」

倒れたまま、しかし明らかに大和を見下すように告げるソフィアに対し、大和は初めてその表情を変え、深くため息を吐く。

それからソフィアの傍まで来ると、右足を大きく振りかぶる。

「力に呑まれて……何が悪いんだあああああああああッ!!」

「がはッ⁉」

叫ぶと同時に大和は、這いつくばったまま動けないソフィアの腹を思いっきり蹴飛ばす。

「この世界は力が全てだ！　力さえあればなんでも許されるんだよ！　そして、僕はこの世界で最強の力を得た魔人だ！　以前はこの世界を救うなんてアニメや漫画のヒーローみたいだと、あの王様達の命令に従っていたが、それがいかに愚かだったか思い知ったよ！　まずはあいつの妹であるお前に復讐をして、その後でこの国を滅茶苦茶にしてやるよ！　もちろんあの王様の国も滅ぼして、ついでに魔国も僕が支配してあげる！　魔国ではこれが普通なんだろう？　強者が弱者を踏みにじる弱肉強食ってのがなぁ！」

「がっ！　うっ！　ぎっ、ぐえっ！」

ソフィアは何度も腹を蹴られながらも必死で耐える。

たとえ殺されることになっても、こんな男には決して命乞《いのちご》いはしないと。

自分の兄と同じく称号に呑まれるような弱虫なんかに、心までは屈さないと。

そんなソフィアの決意に満ちた瞳に、大和はイラついた様子で唾を吐きかける。

「けっ、もう飽きたな。ゾルアークにやられた復讐はこれで十分だろう。お前は領主を殺した非道の魔人として名が残る。僕はそんなお前を殺した英雄として、この街でもてはやされるだろうなぁ。まあ、どの道この街もこの世界も、僕が滅茶苦茶にしてやるけどねぇ」

まさに魔人と呼ぶに相応しい残虐な笑みを浮かべながら、大和は静かに剣を抜く。

突きつけられたその剣を見つめながら、ソフィアは静かに目をつぶった。

（……あーあ、ここまでか……結局アタシ、ミーナ様のお役に立てなかったなぁ……ごめんなさいミーナ様……それとさようなら……ユウキお兄ちゃん……）

「死ね、魔人」

しかし——ソフィアの首がはねられようとしたその瞬間、大和の剣は根元から折れる。

驚愕する大和に対し、教会の入口から声がかかった。

「そこまでにしてもらおうか。その子はオレ達の大事な仲間なんでね」

思わず振り向いたソフィアは、そこに立つ人物を見て、その瞳に涙を浮かべた。

「ユウキ、お兄ちゃん……」

◇　◇　◇

「へぇ、思ったよりもお早いお着きだねぇ」

教会の中に入るや否や、倒れたソフィアの前に立つその男が悠然とこちらへ振り向いた。

赤い瞳に金色の髪。そして、禍々しい気配を纏うその男の雰囲気は、かつてオレが倒した魔人ゾルアークと似ていた。

顔立ちは全く似ていないはずなのになぜかそう感じたオレに対し、隣にいた裕次郎が息を呑み、オレに告げる。

「ユウキさん、あいつ……オレ達と同じ転移者っす。前にザラカス砦が魔人ゾルアークに占拠された時、それを取り戻すために砦に向かったAグループのリーダーで、名前は大和智史っす。けど、あいつはゾルアークに殺されたはずっす……死体もあの時、ユウキさんと一緒に地面に埋めたはずなのに、どうして……？」

こいつがAグループのリーダーか？

確かに言われてみれば、こいつの顔には見覚えがあった。

あの時、ゾルアークに血を吸われた転移者達の死体は全て、オレが裕次郎と共に埋葬したはず。

それがどうして？

困惑するオレ達に、大和はクツクツと笑いながら答える。

「おいおい、アンタらも転移者なら、ヴァンパイアについての伝承とか設定をゲームやアニメで見たことないのか？　ヴァンパイアに血を吸われた人間はその後どうなる？」

血を吸われた人間……その一言でオレは瞬時に気づく。

「ヴァンパイアになって復活したってことか……」

「そういうこと。今度から血を吸われた死体は焼くか、浄化してから埋めるんだなぁ。とはいえ僕を単なるヴァンパイアと思わないことだね。今の僕は血を吸ったゾルアークと同じ魔人。いや、それ以上の存在なんだからね」

そう言ってニヤニヤとこちらを見下す大和。

確かにただのヴァンパイアとは思えないプレッシャーを放っている。

その証拠に魔人の中で『第四位』の実力を持つはずのソフィアですら敗れている。

どういう理屈でここまでの力を得て復活したのかは分からないが、単なるヴァンパイアや魔人として考えるべき相手ではないだろう。

ヘタをすればあのリリムと同じか、それ以上の存在。思わぬ相手の強さに気を引き締めるオレだったが、その前に確認しなければならないことがあった。

「一つ聞く。お前が領主を殺してソフィアをハメた犯人ってことでいいんだな？」

「ああ？　だとしたらどうするんだ？」

「決まってる。仲間を傷つけられた礼と、あの領主さんの無念。どちらも倍返しして、お前の体に叩き込んでやるよ」

オレの答えに大和は邪悪な笑みを浮かべ、ヴァンパイア特有の鋭い牙を見せつける。

「へぇ。なら、やってもらおうか」

大和がそう答えると同時に教会の天井が崩れる。

立ち込める土煙の中から現れたのは、あの伊藤慎二であった。

「はーはっはっはっ！　よく来たな！　裕次郎、それにオッサンよぉ！　てめえらに復讐できるこの時を待っていたぜぇぇぇぇぇぇぇ!!」

哄笑と共に、慎二は全身に霊気の鎧を纏うと裕次郎目掛け突撃してくる。

先日あれだけ裕次郎に力の差を見せつけられたのになんのつもりだ？　とオレが思ったのも束の間、慎二は以前とは比べ物にならない速度で迫ると、そのまま裕次郎の体を吹き飛ばす。

「がっ⁉」

「裕次郎⁉」

慌ててオレが名前を叫ぶと、裕次郎はすぐさま受け身を取り「大丈夫っす」といつもの笑みを浮かべる。

どういうことだ？　今の速度と力は明らかに先日の比ではない。

いくらなんでも短時間でここまで強くなれるはずが……そう思ったオレが慌てて慎二の顔を見ると、そこに答えがあった。

月夜の明かりの中で浮かび上がったのは、大和と同じ鮮血のような瞳。

そして、ニヤついた唇の下に見える鋭く尖った二つの牙。

「⁉　お前、まさか……⁉」

「そうさぁ、今のオレはもう以前のオレとは違う。大和さんに血を吸われ、あの人と同じヴァンパイアにしてもらったのさ。素晴らしいぜこの力！　今なら裕次郎、てめえも軽くひねれるってもんだ。くくくく、くはははははっ！」

満月の下、狂ったような笑い声を上げる慎二。

そういうことか。ヴァンパイアになったことで全ステータスが上昇したんだ。

これはいくら裕次郎でも危ないか？　そう思ったオレであったが、裕次郎は左右の拳に超高温と超低温を宿しながら告げる。

「心配無用っすよ、ユウキさん。こんなザコを倒すのにユウキさんの手は必要ないっすよ。ユウキさんは大和に集中してくださいっす」

そう言ってオレに笑いかける裕次郎。

そうだ。裕次郎がこんな奴に負けるはずがない。先日と同様、慎二を倒してくれるはず。

オレは裕次郎に頷き、そのまま正面を見据える。

「分かった。それじゃあ、そっちは任せるぞ。裕次郎」

「任せてくださいっす！」

そんなオレ達の会話が耳に入ったのか、慎二は忌々しそうに舌打ちをする。

「ちっ、舐めやがって。裕次郎、能力がアップしたってことはオレ様のスキル『霊気具現化』による鎧もパワーアップしてるってことだぜ。もうてめえのチンケな拳じゃ、オレの無敵の鎧は砕けねえよ！」

「へえ、そうっすか。なら、試してみるっすよ」

「上等だ、カス野郎が。どっちが上か、今度こそ思い知らせてやるぜえええええええ!!」

咆哮と共に慎二と裕次郎の対決が始まる。

そしてオレもまた悠然と立つ大和に対し、聖剣エーヴァンテインを作り出し、構える。が――

「おっと」

大和は倒れたままのソフィアを片手で掴むと、オレに見せびらかすように盾にする。

「そいつが噂の聖剣エーヴァンテインか。確かにおっかない武器だねぇ。けどさ、そこからその武器を放てるかい？　なんなら斬り込んできてもいいぜ。ただし、僕はこの盾を使わせてもらうけどねぇ」

「あ、ぐぅ……！」

そう言って大和はソフィアの頭を掴んでオレに向けて突き出す。

なるほど。以前のこいつがどうかは知らないが、今やこいつは立派な魔人のようだ。それもゾルアークと同じ他者を見下し、餌《えさ》としてしか思っていないような。

その瞬間、オレの中にどす黒い感情が湧き上がるが、今はそれを力に変えるべく大和を睨みつける。

「確かにソフィアがそっちにいる以上、オレは攻撃できないな」

「くくっ、だよなぁ？」

「ただし、〝ここにいるオレ〟は、だがな」

「はあ？」

オレが告げたセリフに眉をひそめる大和。

瞬間、奴の後ろに隠れていた〝もう一人のオレ〟が姿を現す。

「なっ⁉」

気配に気づき、慌てて後ろを振り返る大和。だが、遅い。

背後にいたオレはすぐさま聖剣エーヴァンテインを振るうと、ソフィアを掴む大和の右腕を切り落とし、そのままソフィアを抱え、こっちのオレの元へと移動する。

「どういうことだそれは⁉　なんのトリックだ⁉　お前がもう一人いるって……手品か何かか⁉　それともお前双子なのか⁉」

「そんなドラマみたいな展開あるわけないだろう。こいつはオレが生み出したもう一人のオレ、ホムンクルスだよ」

「な、なんだと⁉」

オレの答えに信じられないといった顔を向ける大和。

まあ、それはそうだろう。これはゾルアークとの戦い以降に『アイテム使用』によって得た新たなスキルだから。

しかし大和はすぐさま右腕を再生させると、何事もなかったかのように振る舞う。

「はっ、なるほどねぇ。どうやらアンタもただの転移者じゃないってわけか。まさか僕以外にそんなチートスキルを持っている奴がいたなんてねぇ。王様はなんでアンタみたいのを追い出したのやら」

「そりゃオレがアイテムを使用するしか能がない転移者だったからだろう」

わざとおどけて答えるオレに対し、大和は忌々しそうに舌打ちをする。

「まあいいさ。そっちが分身できるっていうなら僕も似たような真似をするだけだよ」

「なに？」

どういうことかとオレが眉をひそめた瞬間、大和の周囲に無数のコウモリが現れる。そして、それらが形をなして数人の大和を生み出した。

『このコウモリは、僕がこれまで吸い殺した人間達の死骸から作り出した僕の分身さ。こいつらをこうして集めれば文字通り僕の分身を生み出せる。お前がどれほど分身を作れるかは知らないが、僕はこの方法で百体の分身を作れる。まあ、能力は本体には劣るけれど、それでもこれだけ作れば、どれが本物か見分けがつくかな？』

そう言って見る見る内に大和の分身は数人から数十に、そして気づけば百と、あたり一面を覆うほどの数になった。

なるほど、確かにこいつは厄介だ。だが——

「そうか。ならこっちはそれを上回る物量で行かせてもらうよ」

オレは上空に無数のエーヴァンテインを生み出す。

その数、眼下にいる百人に合わせた百本。これら全てを打ち込む。

これならば否が応でも本物にも当たるというもの。

上空よりエーヴァンテインが雨あられと降り注ぎ、凄まじい轟音と衝撃が大地を伝い、土煙があたり一面を覆う。

これで少なくとも偽物のほとんどは両断できたはず。そう確信したオレであったが、土煙が晴れた時の光景は驚くべきものであった。

「なっ⁉」

オレが放った聖剣エーヴァンテイン。その全てが大和の体を貫くどころか、その一歩手前あるいは見当はずれの場所に突き刺さっていた。

大和達はニヤニヤといやらしい笑みを浮かべ、オレを見つめている。

どういうことだ？　確かに聖剣の射出は決して必中ではないが、それでも狙いを定めて全弾発射したはず。

それが全て外れるなんて……こんな偶然がありえるのか？

すると、唖然とするオレに抱き抱えられているソフィアが言った。

「ダメ……お兄ちゃん……あいつには『英雄特権』っていうスキルがあるの……それは事象を捻じ曲げ、自分に都合のいいようにあらゆる判定を成功に導くスキルなの……だから外れる可能性が一パーセントでもあれば、それはあいつにとって百パーセントになる……だから、飛び道具のような攻撃は当たらない……あいつを倒すなら、直接斬りつけないと……うぁッ！」

「ソフィア！」

そうオレに助言をしてくれたソフィアだが、あまりの傷の痛みにうめき声を上げる。

オレはソフィアを少し離れた場所に座らせると、改めて大和と向かい合う。

それにしても『英雄特権』とは、とんでもないチートスキルを持った奴がいたものだ。さすがはAグループのリーダーといったところか。

とはいえ攻略法はあるはずだ。なぜなら――

「くっくっくっ、どうだよ、僕のスキルは。すごいだろう？　君のスキルもなかなかのチートらしいが、それでも僕には勝てないねぇ。何せ僕にとっては一パーセントの奇跡すら約束された勝利になるんだから。まさにアニメや漫画の主人公に相応しいスキルだと思わないかい？」

「ああ、確かにな。だが、それならどうしてお前は魔人ゾルアークに負けたんだ？」

オレがそう告げた瞬間、大和の表情が一気に不快なものに変わる。

やはり、そういうことか。

「確かに事象や運命を捻じ曲げるお前のスキルは強力だ。だが、それはあくまでも『その可能性がある』場合に限るんだろう。可能性がゼロパーセントなら、いくらその結果を変えようとしても変えることはできない。以前お前がゾルアークに負けたのは、お前の勝つ可能性がゼロだったからだ。なら、その時と同じ状況を作ればいいだけだ。大和智史、お前がオレに勝てる可能性をゼロにしてやるよ」

「はっ、オッサンはこれだから困るんだよ。どんな強敵を相手にしても、物語の主人公が勝つ可能性ってのは最初から百パーセントに仕組まれてるんだよ。なら、なぜ苦戦するのかって？　その方が盛り上がるからさ。ゲームも現実も、多少のストレスや理不尽がないと達成感が得られないだろう？　アンタもそれと同じだよ。最終的に僕が勝利してカタルシスを味わうための存在。だから、まあ、精々僕を苦戦させてくれよ？」

そう言って自らが物語の主人公であるかのように酔いしれる大和。

それがお望みというのなら存分に苦戦させてやるよ。

もっとも、最後に勝つ主人公がお前とは決まっていないがな。

「それじゃあ……始めようかあああああああ！」

雄叫びと共に、大和は無数の分身達と突撃してくる。

オレはすぐさま『万能錬金術』にて新たなホムンクルスを生み出す。その数は合計五体。

リリムと戦った時は十体だったが、さすがに自分自身を生み出すというのはＭＰをかなり消費する。

今回は余力を残すため、この人数で対応する。

生み出されたホムンクルスは本体であるオレの意思に同調し、手持ちのスキルを使い、襲い来る大和の分身達を蹴散らす。

大和の分身の攻撃は思ったほどではなく、これならば十分対応できる。

問題は、こんな無数にいる中、どうやって本体を見つけるかだ。

聖剣エーヴァンテインを振るい、大和達を撃退するオレとホムンクルス達であったが、一番手前にいたオレを無数の大和達が羽交い締めにしていく。

「!?」

なんだ？　動きを止めてどうする気だ？

そう思った瞬間、抱きついている大和達が一斉に歪《いびつ》な笑みを浮かべる。

「！　まずい！　離れろ！」

オレは咄嗟にオレのホムンクルス達に向けて叫ぶ。

瞬間、抱きついていた大和達が一斉にその体を爆発させる。

無論それはただの爆発ではなく、分身達の魔力を最大限まで高めての暴走による自爆。

シャドウフレアよりも遥かに高エネルギーな爆発に巻き込まれたオレのホムンクルスは、地面に倒れたままピクリとも動かない。

やがて砂のように、その場から消え失せる。

「ははは、どうよ？　僕の分身は確かに君のホムンクルスほど性能は高くない。けれどね、こういうのは使い方さ。生きた自分の自爆人形ってのもなかなか面白いだろう？」

そう言って無数の大和達がオレ達を囲みながら笑う。

こいつ、マジかよ。いくら分身とはいえ、自分自身を爆弾にして襲いかかるとは。完全にイッてやがる。

だが、その威力はオレのホムンクルスを仕留めるほど。

これは下手に長期戦になれば何を仕掛けてくるか分からない。

オレは周囲にいるホムンクルス達と頷き合うと、上空に向け魔法を放つ。

「シャドウフレア！」

それは上空に無数の漆黒の炎を生み出し、流星群のごとく振り注がせる上級魔法。

普通であれば、漆黒の炎に呑まれた敵はそのまま消滅するが、今回の相手はそうもいかなかった。

「無駄だって言っててるだろぉ！　スキル『英雄特権』がある限り、飛び道具系の攻撃は僕には届かないんだよ！」

大和の言葉通り、彼の分身全てが降り注ぐシャドウフレアを回避していく。

だが、無論それはオレも計算済みだ。

再び分身達が最前線にいるホムンクルス目掛け飛びかかってくる。狙いはもちろん先程と同じ自爆だろう。

「ははははは！　今度の爆発はさっきの比じゃないぞ！　本体のお前もろとも全部吹き飛ばしてやるよ！」

だがその瞬間、迫っていた無数の大和達が空中でピタリと静止する。

「な、なんだこれは！　う、動かない!?　どういうことだ!?」

困惑する大和達。その疑問の答えは彼らの足元、地面にあった。

「なあに、別に特別なことはしていないよ。ちょっと足元に種を植えさせてもらっただけさ」

「なんだと⁉」

オレのセリフに足元を見る大和達。

その地面からは植物の根のようなものが無数に生えており、大和達の体に絡まり、動きを固定していた。

これは以前覚えたスキル『植物生成』を応用したものだ。

「なっ⁉　いつの間にこんなものを⁉」

「さっきのシャドウフレアはあえてお前達が回避するように撃ったんだ。そうすることでオレに飛びかかるお前達の位置を絞った。あとはそこに罠を張るだけ。どこに来るか分からないまま罠を張っても無意味だが、来ると分かっている場所に罠を張れば、それに引っかかる可能性は百パーセントってことだろう？」

「ッ⁉」

オレの説明に顔色を変える大和達。

そして、残ったオレのホムンクルス達が、事前に詠唱していた第二のシャドウフレアを固定されたままの大和達目掛け放つ。

「シャドウフレア！」

「ぐ、ぐああああああああああああああッ‼」

今度は先程と違い、大和達の動きを固定した上で、そこに狙いを定めて撃つ。

回避できる可能性が一パーセントでもあれば回避できると奴は言ったが、動きを固定した相手への攻撃ならば命中率は百パーセント。

さすがのあいつもそれでは運命の改変ができないようであり、植物の根に捕まった大和達はそのまま獄炎に焼かれる。

更に、自爆するために事前に体内に魔力を溜めていたのだろう。

シャドウフレアに焼かれると同時に無数の大和達が連鎖的に爆発を起こし、周囲にいた分身を次々と巻き込んでいく。

上空からのシャドウフレアと分身の爆発。それに巻き込まれ、次々と大和の分身達が減っていく。

「くッ！　小賢《こざか》しい真似をしやがって！」

その中で、大和の一人が上空から降り注ぐシャドウフレアを弾き、真横で起きた分身の爆発に対して咄嗟にシールドを張ったのを見た。

見つけた。あれが本体だ！

明らかに他と異なる対応に、オレは迷うことなくそいつへと駆け寄り、手に持った聖剣エーヴァンテインを掲げる。

「ッ!?　しまったッ！」

エーヴァンテインを見て顔色を変える大和。だが、遅い。

奴が後ろに回避するより早く、オレは聖剣の一撃を振り下ろす。

「はああああああああああッ!!」

闇を切り裂き、光を放つ聖剣。

その一閃により大和の胸は切り裂かれ、周囲に散っていた分身達が消える。

「がッ……!」

血を吐き出し倒れる大和。やったか!?

だがすぐさま大和は憎悪に燃える瞳でオレを睨みつけ、立ち上がる。

「貴様、やってくれたなぁ……」

「なっ!? バカな……!」

致命傷となる一撃を受けたにもかかわらず、まだ動けるだと?

決して手加減をしたつもりはなく、手応えもあった。

決まったはずの一撃が決まらなかった事態に困惑するオレ。

いや、これはまさか……あいつのスキル『英雄特権』によって、致命傷となる位置をずらされたのか?

オレがそれに気づくよりも早く大和は舌打ちをすると、オレに背を向けて走り去る。

逃げる気か?

だが、奴が向かった方向を見て、オレは顔色を変える。

「あの方向は……！　まずいッ！」

◇　◇　◇

ユウキと大和の戦いの場から少し離れた位置にて、裕次郎と慎二の戦いもまた苛烈《かれつ》を極めていた。

いや、その苛烈な戦いも今まさに終わろうとしていた。

「うおおおおおおおおおおおおッ！　くそが！　なんでだ！　なんでオレの拳がてめえに通じねえ‼　裕次郎おおおおおおおおお‼」

全身を『霊気具現化』の鎧に包んだ慎二。

その能力はヴァンパイア化されたことにより以前より遥かにパワーアップしていた。にもかかわらず――

「残念っすね、慎二さん。オレとアンタの違いはスキルなんかじゃない。アンタは借り物の力で……自らの魂を売ることで力を得た。オレのスキルもまたユウキさんに貸し与えられたものっすけど、それでもこの力はあの人達の下で得た自分自身の力っす。自分の力として誇るべきものがない今のアンタに、オレは負けないっすよ」

その一言と共に裕次郎の光り輝く拳が慎二の霊気の鎧を砕き、胸を貫く。

それは以前の裕次郎の拳とは比べ物にならない威力。

自らの胸を貫かれたことで、慎二はあの時の裕次郎は手加減をしていたという事実に気づき、相手との力量差に再び歯ぎしりする。

「ざ……けるなよ……！　てめえのようなクソカスにオレが負けるわけがねえんだよ……ッ！」

なおも敗北を認めることなく立ち上がる慎二。

だが、その瞬間、慎二の背後に立った男がそれを否定する。

「いいや、お前はここで終わりだよ。せめて最後は僕の餌となって華々しい勝利の礎《いしずえ》になれ。伊藤慎二」

「え？」

ドスリと背中を貫き、胸に生えた白い腕を見る慎二。

見ると背後にはあの大和が立っており、慎二を貫いた腕より彼の血を――いや生命エネルギーそのものを吸収し始める。

「あ、え、な、なん……で……？　ヤ、ヤマ……ト……」

急速に体がミイラのように干からびながら、慎二はかすれた声で大和の名を呼ぶ。

そんなかつての仲間、自らの眷属とした男を、大和は一切顧《かえり》みることなく血の一滴まで吸収すると、搾りカスとなった慎二の死体をそのまま放り捨てる。

「くく、はははははははっ！　素晴らしいぞ、この力！　教えてやるよ、なんで魔人となった僕が短期間でここまでの力を得たのかをね！　それはヴァンパイアであるゾルアークの性質を受け継いだからさ。こうして血を吸った相手の力を、僕は吸収することができる！　この力さえあればこの世界の魔人も恐るるに足らない！　僕こそが最強の魔人だ！」

哄笑する大和。

やがて、その視線は目の前に立つ裕次郎へと向けられる。

「さて、裕次郎……次は君の番と行こうか。君の力を吸えば、もはや僕に敵はなくなる」

「グッ⁉」

咄嗟に身構える裕次郎。だが、すでに遅かった。

邪眼に動きを縛られて動けない裕次郎の前に立つと、大和は血にまみれたままの右腕を振り上げる。

「やめろおおおおおおおおおおおおッ‼」

全速力で駆け寄りながら、絶叫を上げるユウキ。

しかし大和は残虐な笑みを見せると、裕次郎の胸目掛け手刀を振り下ろす。

刹那《せつな》、ユウキの眼前にて血が噴き出した。

◇　◇　◇

「やめろおおおおおおおおおおおおおッ‼」

叫びながらオレは駆ける。

だが、大和と裕次郎がいる場所まで僅かに届かない。

奴はそれを理解しているのかオレに嗜虐的な笑みを向けると、そのまま腕を振り下ろす。

裕次郎はここまで一緒に旅をしてくれたオレの仲間だ。

最初は彼に同情して、引き取ることにした。

けれども、ファナを救う旅に彼は関係がないというのに協力し、ついてきてくれた。

それだけではなく、オレの役に立ちたいからと、自らを鍛えてくれと志願してくれた。

そんな裕次郎にいつしか親近感を抱くようになり、今ではオレの大事な仲間となっていた。

彼をここで失うわけにはいかない。

オレは足の筋肉が破けるほどの負荷をかけながら、全速力で大和に突っ込む。

だが、間に合わない！

次の瞬間、鮮血が舞った。

「なッ!?」

「……え？」

その光景を見た瞬間、驚きに息を呑んだ。

裕次郎の体は――貫かれなかった。

手刀が当たる直前、横から彼の体を押し飛ばした人物に救われたからだ。

「ソフィア……」

オレが名を呼ぶとソフィアは笑う。

大和に胸を貫かれたまま、静かに唇が動く。

「――――」

声にならない声。

だが、唇の動きからオレは彼女がなんと言ったか理解した。

それはあまりに彼女らしからぬ、短く、そして素直な一言。

『ごめん』

それだけ呟き、ソフィアはその場に倒れた。

「ソフィア……」

倒れた少女の名をオレは再度呼ぶ。

少女からの返事はなく、彼女が倒れた地面に赤い染みが広がり、それはさながら鮮血のカーペットのようであった。

そんな少女を見下ろして大和は哄笑する。

「ははははは！　バカな女だねぇ！　まあ、この女も餌としての役割は十分に果たしてくれたよ！　おかげで力が漲《みなぎ》る！　僕の中のゾルアークの魂も、妹の血を吸えて歓喜に震えているよ！　はははははっ！」

そう言って大和は地面に転がるソフィアの体を蹴り飛ばすと、血にまみれた右手を舌先で舐める。

「う～ん、美味だねぇ」

——殺す——

瞬間、オレの意識は殺意に呑まれた。

即座にオレは分散させていたホムンクルス達と意識を同調させ、大和を取り囲むと、四方から同時に襲いかかる。

だが、そんなオレの動きを見ても大和は余裕の笑みを浮かべている。

「おいおい、さっきまでの僕と同じと思うなよ？　今の僕は慎二のスキルを手にし、魔人ソフィアの血によってパワーアップしているんだよ！」

そして、大和の体が慎二の『霊気具現化』によって鎧に包まれる。

血を吸った相手のレベルだけでなくスキルすらも奪い取るのか。だが、関係ない。

大和の後ろから迫っていたホムンクルスが、その手に持つ聖剣エーヴァンテインで斬りかかる。

だが、その一撃は霊気の鎧の前に弾かれ、傷一つ負わせられなかった。

「おいおい、知らないわけじゃないだろう？　同じスキルでも持ち主のレベルに応じてその能力は段違いになる。慎二程度じゃ裕次郎相手に壊される鎧しか具現化できなかったみたいだけど、僕が使用すれば聖剣すら通さない霊気の鎧を生み出すことも可能なんだよ！　これこそが本当の無敵の矛と盾だよ！」

そう言い放って、大和は霊気の剣を生み出し、奴の後ろにいたオレの体を両断する。

その威力は、まさに慎二が生み出したものとは桁違いであった。

残る三人のオレが同時に大和に攻撃を仕掛けるが、しかしそれらは紙一重で回避され、逆に大和が持つ霊気の剣により悉《ことごと》く両断される。

「ははははは！　無駄だって言っているだろう！　もはや僕のレベルは君のレベルを上回っている！　それがどういうことか分かるか？　僕の『英雄特権』はあらゆる可能性を操作する！　つまり、これによって君が僕に勝てる可能性はゼロになった！　君がどんな戦術を採ろうとも、素の能力が互角以上となってしまえば、もはや僕に負けはないんだよぉ！」

返り血にまみれながら笑う大和。

ああ、確かに今のオレではお前には勝てないかもしれない。

ならば、〝今のオレ以上のオレ〟を生み出せばいいことだ。

オレは意識を集中させ、かつて『アイテム使用』によって取り込んだ賢者の石の力を限界まで引き出し、自らの脳内、神経、血管、それらを焼き切る勢いで今のオレが生み出せる——いや、それ以上のオレをイメージする。

「何をしようと無駄なんだよ！　さっさと諦めて死ねよぉ、オッサンッ！」

——殺す——


高笑いしながら大和は両手に一本ずつ生み出した霊気の剣を振り回す。

オレはそれを必死に避けながら、ひたすら意識を集中させていた。


——殺す殺す殺す——


「どうしたよ？　反撃しないのか？　諦めたのか？　なら、さっさと死ねよぉ！」

大和の放つ無数の攻撃に頬を斬られ、腕を切り裂かれ、体のあちらこちらから血が噴き出す。

オレが必死に避けている間も大和の斬撃はどんどんスピードを増す。

ここまでチートだと笑うしかない。

確かにこいつの強さは紛れもなく英雄クラス。

ならば、その英雄を殺す方法は一つしかない。


——殺す殺す殺す殺す殺す殺す殺す殺す——

「ははははは！　これで終わりだ、死ね！　安代優樹！」

英雄を殺すには『英雄』を超える――『魔王』を生み出すのみ。


――こいつは殺す――


瞬間、オレの中に宿っていたどす黒い『それ』は姿を現した。

「……え？」

大和の握っていた剣がまっすぐにオレの頭を叩き割る勢いで振り下ろされ、しかしそれは届く瞬間に消え去った。

それに一拍遅れるように、大和の唇から血がこぼれる。

何が起こったのかまるで分からない大和は、自分の胸を見る。

そこには、血にまみれた一本の腕が大和の胸を貫いて、奴の心臓を握っていた。

「おいおい、この程度の奴に苦戦するとか……〝オレ〟は何やってんだよ」

「……は？　え？」

わけが分からないと言った様子のまま、大和は後ろを振り返る。

だが、それはオレも同じだった。

確かにオレは直前まで、こいつを倒すための自分――今のオレが生み出せる最強のオレを生み出そうとしていた。

だが、それはあまりにもオレの想像とかけ離れたオレであった。

「しかも未だにこんなクズに対して、僅かなりとも同情心を持っているとか、どんだけお人好しだよお前《オレ》は。いいか、クズに容赦する必要なんてない。こういうクズは塵《ちり》すら残さず消し去るのがいいんだよ」

そう宣言すると同時にそいつは大和の心臓を握り締め、貫いた腕より漆黒の――いや、この世のあらゆる色を混ぜ合わせたような混沌の炎を生み出し、大和の全身を包む。

「ぐ、ぐあああああああああああああ！　な、なんだこの炎はあああああああ!!　か、体が！　体が溶ける!?　ば、バカな！　僕の『霊気具現化』はあらゆる魔法を弾くんだぞ！　シャドウフレアだってこの鎧には届か――」

「シャドウフレアじゃねぇよ。シャドウフレアの更に上。闇魔法最強の黒炎カオスフレアだ。この炎の前には、あらゆる武具もスキルですらも意味はない。この世で唯一、『魔王』のみが扱える禁断の魔法だ。『勇者』の称号すら持っていないてめぇに防げるわけねえだろうが」

「ば、バカな!?　魔王だと!?　き、貴様一体……!?　が、があああああああああああああああっ!!」

絶叫と共に大和は混沌の炎に呑み込まれ、この世から塵一つ残さず消滅した。

先程までオレですら苦戦し、容易には勝つことができないと確信していた相手を、まるで児戯のように消滅させた男――漆黒の服を身に纏うオレを、オレは眺める。

「……お、お前……誰だ……？」

「あ？　見て分からねぇのか？　オレはお前だ。お前の中にいたもう一人のお前。『魔王』の側面を持った安代優樹だ」

そう言って、そのオレは暗い笑みを浮かべる。

瞬間、オレはこれまでに感じたことのない恐怖と戦慄を感じた。

こいつは……本当にオレなのか？　先程の圧倒的な力といい、この冷酷な性格といい、とてもそうは思えない。

なにより、これまではオレが生み出したホムンクルス達とは意識を同調し、オレが思うとおりに行動を選択できた。にもかかわらず、こいつとはそれが全く行えない。

オレが生み出したオレにもかかわらず、まるでそれを否定する別人のように思えた。

「おいおい、ひでえことを考えるなぁ。別人だと？　言っただろう。オレはお前だ。ずっとお前の中に潜んでいたもう一人のお前。お前が魔王の称号を持ったその日から、いやそれ以前からお前の中に眠り、潜み続けていた悪意――『欲望』の側面を持つ安代優樹だよ」

「オレの、欲望？」

「そうさ。だから、オレはこれからお前《オレ》として行動する。安心しろよ、それも全部お前のためだ。お前が本当に願っていること、欲望を叶えるために、お前にできないことを今後はオレが果たしてやるよ」

それは一体どういうことだ？

オレが問いかけようとした瞬間、目の前のオレ——魔王ユウキの背後に黒い影が走る。

それに魔王ユウキも気づいたのか、振り向くことなく後頭部をガードするように片腕を上げ、それに僅かに遅れて神速の蹴りが叩き込まれる。

「おいおい、いきなりそれはないだろう。オレ達、同盟を結んだ仲間じゃなかったのか？　なぁ、ミーナ」

魔王ユウキがそう言うと同時に、オレの前に一人の少女が降り立つ。

それはチャイナ服を着た赤い髪の少女ミーナ。

彼女はオレと離れた位置に倒れたソフィアと裕次郎を確認すると、険しい表情で魔王ユウキを睨む。

「お前、何者アルか。見た目はユウキそっくりアルが、ユウキとは魂の質がまるで違うアル」

「ひでえ言い草だな。つーか、今やそこにいるヘタレなオレよりもこっちのオレが本体って言ってもいいんじゃないのか」

「……この惨状はお前がやったアルか？」

「ちげぇよ。まあ、詳しいことはそっちのオレに聞け。悪いが、オレはもうお前らのお遊びには付き合っていられねぇよ。これからはオレの好きなようにやらせてもらうぜ」

「！　ま、待て！　どこに行く気だ!?」

「ああ？　言っただろう。これからオレはお前にできなかったことをするのさ」

そう吐き捨てると、魔王を名乗ったオレは闇の中へと消えていく。

どうする、追うか？　一瞬そう考えるが、今はそれよりもソフィアの手当てが先だと、奴のことを頭の中から振り払う。

「ソフィア！　大丈夫アルか!?」

「……ミーナ様……」

「しっかりしろ、ソフィア！　今、回復魔法をかけてやるから」

オレとミーナが駆け寄ると、幸いにしてソフィアは目を覚ました。

傷はかなり深いが、オレとミーナが同時に回復魔法をかけることで徐々にソフィアの顔色は良くなっていく。

「二人共……ごめんなさい……」

「何を謝っているアルか。お前は何も悪くないアル。それよりも傷を癒すから今しばらく大人しくしているアル」

「はい、ミーナ様……ユウキお兄ちゃんもごめんね……アタシ、役に立てなくて……」

「何言ってんだ。お前のおかげで裕次郎は助かったんだ。本当にありがとう、ソフィア」

「ソフィアさん。オレからもお礼を言わせてほしいっす。ありがとうございましたっす」

「……えへへ、そう言われると、少し安心……」

そう言ってはにかむソフィア。

ひとまず、ソフィアの命はなんとかなりそうだ。

とはいえ、これで全てが解決とはいかないだろう。

未だ街ではソフィアが領主殺しの犯人とされており、その誤解を解かないことにはソフィアの自由は約束されないし、ミーナの『天命』を果たすこともできない。

「……やはりあの大和って奴を生け捕りにするべきだったか……けれど、そんなことができる相手じゃ……」

事件の黒幕であった大和はすでにこの世に存在しない。

この状況でどうやって街の人達を説得するか。オレがそう悩んでいた時であった。

「そのことなら心配いらないアル。私の方でも、事件の黒幕と繋がっている奴らを捕まえておいたアル」

「え？」

そう告げたミーナの指先に細い糸のようなものが光り、次の瞬間、オレ達の前に体中を糸でグルグル巻きにされた慎二の取り巻き連中が現れる。

「ぐあっ！」

「こいつらは！」

「水瀬達、慎二の取り巻き連中っす！　ミーナさん、いつの間にこいつらを捕まえて？」

「お前達と分かれて、私の方で独自の調査をしている内にこいつらの存在と、魔人を名乗る転移者の存在を知ったアル。魔人の転移者の方は見つからなかったけれど、こいつらは近くの森に隠れていたのを見つけて捕らえておいたアル。どうやらその魔人の転移者はお前達が倒したみたいアルが、こいつらがいればソフィアが犯人ではないと説明できるアル」

確かに。こいつらが慎二や大和と共に行動していたのなら、奴らがやっていたことの証人になる。

というよりも他に方法がない以上、こいつらには否が応でも証人になってもらう。

「というわけだが、覚悟はいいな？」

「ひ、ひぃ！　も、もちろんです！　な、なんでも喋りますから命だけは……!?」

オレとミーナの凄みに恐怖したのか、慎二の取り巻き連中は怯えた様子で、こくこくと頷くのだった。

◇　◇　◇

「……つまり、領主を殺した犯人はヤマトと名乗る魔人であり、彼による策略によってそちらの魔人ソフィアは犯人に仕立てられたと」

「はい、その通りです。その証拠として大和の部下であったこいつらの証言があります」

「ふむ。君達も彼が言ったことに同意するのかね？」

「は、はい、その人――ユウキさんの言ってることは事実です。領主を殺したのはオレ達の仲間の大和です。あいつ……オレ達の知る大和じゃなくなってました……それに慎二が乗っかって、自分から眷属になったんです……僕や他の連中は一応あいつらに協力するって建前《たてまえ》で同行してましたけど、正直あの二人の行動は常軌を逸していました……確かに街を追い出されたのは腹が立ったけれど、今にして思えば自業自得だし……それをあんな形で復讐するのはさすがにやりすぎっていうか……あの二人はイカレてましたよ……」

翌日、オレ達は水瀬達を連れて、街の憲兵隊がいる建物へと向かい、事情を説明した。

意外にも水瀬達はオレ達に協力的であり、これまでのことを詳しく説明してくれた。

彼らとしても魔人となった大和やその眷属の慎二を恐れ、手を切りたがっていたようだ。

そんな水瀬の説明に、憲兵隊の隊長は考え込むように腕を組む。

「確かにレタルスで自警団を名乗っていた者達の話は聞いている。だが、肝心の主犯が死んでいる以上、領主を殺した者がそのヤマトという魔人だと断定するのはいささか難しいな。何らかの物的証拠が残っていれば……」

憲兵隊長のセリフにオレは思わず顔をしかめる。

やはりそうか……くそ、やはり大和を生かしておけば……そう思った瞬間であった。

「物的証拠……に繋がるかは分からないけれど、それに近い証明はできるかもしれない……」

ソフィアが傷口を押さえながらそう答え、それを聞いた憲兵隊長が顔を上げる。

「なに？　どういうことだ？」

「教会跡にその慎二って奴の死体がある。あいつは大和に噛まれてヴァンパイアになった……なら、その歯形と領主さんの死体に残った歯形が一致するはず……他にも慎二の死体に大和の魔力の〝残《ざん》滓《し》〟が残っていると思うから、それが領主さんの死体からも検知できれば同一人物による犯行だって証明できると思う……」

そうか。ソフィアの言うとおり、歯形や魔力の残滓などがソフィアとは異なると証明できれば、彼女の無罪を証明できるはず。

「確かに、それなら君の疑いは晴れるだろう。早速調べさせよう」

憲兵隊長が近くの兵士に命令し、死体の確保へと向かわせる。

「では、我々の方で詳しい状況を解明した後、街の人々に真実を伝えよう。それまではそちらの魔人の少女は拘禁させていただく。無断で脱獄した罪もあるからね」

「……まあ、当然だよね」

憲兵隊長に素直に従うソフィア。

そのまま近くにいた兵士達に案内され、彼女は別室へと向かう。

ソフィアには申し訳ないが、あと少しだけ辛抱してもらうしかない。

オレとミーナはしばらく憲兵隊長に詳しい説明を続けるのだった。

◇　◇　◇

「おい、聞いたか？　領主殺害の件」

「ああ、あのソフィアって魔人がやったのかと思っていたが、どうやらそうじゃなかったらしいな。なんでも別の魔人による犯行だと証明されたらしいぜ」

「しかも、その黒幕を例の勇者様達が退治したとか」

「ってことは、オレ達は無実の魔人を疑っていたってことか……」

「けっ、何が無実だ。そもそも連中が来たから領主様が殺されることになったんだろうが」

「おい、お前。それはいくらなんでも言い過ぎだぞ」

「そうだ。彼らはこの街のために色々と貢献してくれたんだぞ。実際、彼らのおかげで周辺の魔物による被害は減って、繁盛した店やギルドも数多い」

「そうだそうだ！　ソフィアちゃんを悪く言うな！　ソフィアちゃんは天使、もとい俺らの小悪魔ちゃんだぞ！」

「うっ、なんだよ、てめえら。あの魔人が犯人じゃないと分かった途端、手のひらを返しやがって……けっ！」

「なんにしても、さすがは勇者様だ」

「ああ、領主様を殺した魔人を倒すとは。それにあのミーナって魔人も、仲間のためにあそこまでするなんてな」

◇　◇　◇

数日後。教会跡に放置された慎二の死体と、領主の死体にあった噛み痕、体内に流れる魔力の残滓が検証され、それが同一の魔人によるものだと証明された。

またソフィアの噛み痕と魔力を専門家に比べてもらい、それらが犯人のものと一致しないことも証明され、無事にソフィアの疑いは晴れた。

更にオレ達が真の黒幕——魔人大和を倒したことが街の人達にも知れ渡り、昨日までの嫌疑は嘘のように消え、今では逆に領主の仇《かたき》をとった英雄として見られている。

とはいえ、全員が全員それを素直に受け止めているわけではなかった。

何人かはまだオレやソフィアに疑いの眼差しを向けており、時折すれ違いざまに責めるようなことを言われたりもした。

だが、ソフィアもミーナもそんなことは気にしておらず、疑いが晴れたことに安心している様子であった。

「はあー、色々あったけれど疑いが晴れて安心したわー。というか一気に疲れが肩に来た感じー」

「真実が明らかになったのはユウキのおかげアル。改めてお礼を言わせてもらうアルよ」

「いや、気にしなくていいよ。オレは自分にできることをしただけだから。それにソフィアがあんな疑いをかけられたら、それを助けるのは当然だろう」

オレとしてはごく当たり前のことを言ったつもりだったが、それを聞いた瞬間、なぜかソフィアの顔が真っ赤になり、慌てたように顔を逸らす。

「ふ、ふんっ、別に助けてくれとか言ってないし……けどまあ、あの時はその、色々ありがとう、お兄ちゃん……」

と最後の方はボソボソと呟く。

「いずれにせよ、もうこのコークスでできることはないアルね。これ以上私達がここにいても、貢献よりも厄介事の方が増えるかもしれないアル。そろそろ別の街に向かった方がいいかもしれないアルよ」

「そうだな。それじゃあ、そろそろ次の街に行こう」

そう言って街を出ようとした時であった。

突然、大通りの向こうから馬車が駆け寄ってくる。

馬車はそのままオレ達の前で止まると、扉が開いて中から身なりの良い人物が現れた。

「失礼いたします。あなた方が噂の勇者ユウキ様と、そのお連れの魔人ミーナ様とソフィア様でしょうか？」

「そうですが、あなたは？」

「私はグルテル街の領主ランス様よりの使者です。ユウキ様、それに魔人のお二人にお話があって参りました」

「話……なんでしょうか？」

「はい。そちらのお二人の魔人――ミーナ様とソフィア様を、我がレスタレス連合国において受け入れるか否か、『国民投票』によってそれを決めてはどうかという話し合いでございます」

それは最後の街の領主からの思いもよらぬ提案であり、ミーナの『天命』の達成をかけた最後の試練の始まりであった。

第五使用▽魔人ミーナ

「ようこそ、勇者ユウキ様。それに魔人のお二人様。私がグルテルの領主ランスと申します」

あれからオレ達は、案内されるままグルテルへと向かい、そこで領主と対面することとなった。

領主は三十代半ばくらいの年齢の、丁寧な物腰に眼鏡をかけた理知的な青年だ。

「こちらこそ、お招きいただきありがとうございます、領主様。それでここへ来る途中、案内の方から言われたのですが、こちらの二人の魔人ミーナとソフィアを認めてもらう『国民投票』についてなのですが……」

「ええ、では改めて私の方から説明させていただきます」

そう言って領主は手元の資料を手に取りながら説明を始める。

「まず、皆様方のこのレスタレス連合国における活躍は聞いております。ムルル、レタルス、コークスにて街の人々の助けとなり、そちらの魔人二人が人類の敵ではないと証明していったと。先に挙げた三つの街の人々から、また各領主の手紙から、皆様を受け入れるようにとのご意見もいただいております。そこで、それを決めるためにこのグルテルで『国民投票』を行おうと思っております」

「その『国民投票』で過半数の票を獲得すれば、ここにいるミーナとソフィアがこの連合国において認められるってことでいいんですよね？」

「はい。すでにこのことは、ここグルテルを含む主要四都市にて共有しております。ムルル、レタルス、コークスでは皆様のこれまでの活躍や協力を踏まえての投票が始まっているはずです。最後はこのグルテルにおいて投票を行い、それを先の三つの都市で行われた投票結果と合わせて、ミーナ様とソフィア様をこの国で受け入れるかどうかを決めさせていただこうと思います」

「なるほど、分かりました」

さすがは王のいない連合国らしいやり方だ。

だが、これまでの三都市では、オレもミーナ達も住民達のため、できる限りの協力をしてきたつもりだ。決して分の悪いやり方ではないと思える。

むしろ、ミーナという魔人を認めてもらうのならば、このやり方こそが最適とも言える。

オレが後ろに控えているミーナに視線を送ると、彼女もそのことを理解しているのかゆっくりと頷く。

「このグルテルでの『国民投票』は一週間後ということになりますが、その間皆様はこの街でゆっくりおくつろぎいただいて構いません……と言いたいところですが、こうした話を聞いた以上は、皆様としてはこの街でもできる限りのことをしたいかと思われます」

「はい、それはもちろん」

「当然アルね」

領主の確認にオレやミーナは即座に頷く。

先の三つの街では、住民に認められるためにオレ達はできる限りのことをした。

ならば、このグルテルにおいてもそうしたい。当然、それはこのグルテルにおける『国民投票』の結果にも大きく影響するだろう。

「分かりました。では、私の方から皆様に街の支援をお願いしたいと思います。早速ですが、いくつか協力してほしいことがあるのですが、よろしいでしょうか？」

「それはもちろん。オレ達にできることならお任せください」

そうして『国民投票』までの残り一週間。オレ達は、ランスさんから頼まれた仕事をそれぞれ請け負うこととなった。

◇　◇　◇

「今度は孤児院の手伝いか。この国に来てから色んな協力をしてきたな」

「まあ、これも貴重な経験っすよ」

「そうアル。それに子供達の世話というのも私は楽しいアルよ」

あれからオレ達は領主の依頼に従い、グルテルにおける様々な支援を行った。

最初は荷物の運搬や街の周囲の魔物駆除に安全の確保、野菜の栽培など、これまでの街でも行っていた支援から始まった。

その手の支援が完了すると、次はこの街の孤児院の手伝いを頼まれた。

孤児院には戦や病気で親を亡くした子供達が集められ、そこに住む司祭が養っているという。

だが、最近になって孤児の数が増えて、司祭一人では手が回らなくなったそうだ。領主も可能な限りの支援をしているというが、オレ達にも孤児院の立て直しを頼めないかと言ってきたのだった。

幸いというべきか、オレには『アイテム使用』のスキルがあり、その中の一つに『武具作製』があるのだが、こいつで作れるものは武具だけではない。家具などの道具も作成可能であり、孤児院に足りない道具を提供した。

その他にも例の『植物生成』のスキルで、ミーナの魔作物を使い、自給自足を可能にする野菜を庭先に生み出した。

「わー！　お兄ちゃんすごいー！　色んな道具を作れるんだー！」

「わーい！　新品の机に新品のベッドだー！　これ全部私たちがもらっていいのー!?」

「ああ、もちろんだよ。ついでに教材とかも作ってあげるから、それで勉強するといいよ」

「本当!?　わーい！　ありがとう！　お兄ちゃんー！」

「庭先に出来たあの植物もすごーい！　野菜だけじゃなく果物もたくさん実ってるよー！　お兄ちゃん、あれ全部私達で収穫していいのー!?」

「もちろんだよ。なんだったら今日の献立《こんだて》はあの植物から採った野菜から考えようか」

「わーい！　楽しみー！」

オレが『武具作製』で様々なアイテムを生み出すと、それを見た子供達は大はしゃぎでオレに引っ付いて離れようとしなかった。

その他にも不足していた生活必需品を生み出し、司祭にも大変感謝された。

「勇者様。このような孤児院にこれだけの支援をしていただけるとは、ありがとうございます。申し訳ありませんが、我々に返せるものはほとんどありませんで……」

「気にしないでください。オレ達は報酬が欲しくて協力してるわけではないですから」

「そういうことアル」

「感謝いたします。あなたのような魔人がいるとは思いも寄りませんでした」

そう言って司祭はオレの隣にいるミーナに頭を下げる。

ミーナもオレと共に孤児院の支援を手伝っており、特に子供の世話や狩りなどを買って出ていた。

最初は子供達も魔人であるミーナやソフィアに警戒心を持っていたが、すぐに彼女らが優しい魔人だと理解して、今では好んで引っ付くようになっている。

「ねえねえ、ソフィアお姉ちゃん！　今日も一緒に遊ぼうー！」

「えー、嫌よー。アタシ、子供と遊ぶような年齢じゃないしー、第一、泥がついてやーよ」

「そんなこと言わないで遊ぼうー！　えーい！」

「わっ⁉　こらー！　アタシのドレスに泥団子を投げるなー！」

「はは、ソフィアは人気者アルな」

「ミーナお姉ちゃんも一緒に遊ぼうよー！」

「え、いや、私はまだ孤児院の建物の修繕や狩りの手伝いをアルな……って腕を引っ張らないアルよ～！」

子供ということもあってか、一度心を開くと彼らはオレや裕次郎よりもむしろ、魔人であるミーナやソフィアになつくようになった。

最初は渋っていたソフィアも、一度子供達と遊び始めると夕方までずっと付き合ってくれる。

意外とソフィアの精神年齢は見た目通りまだまだ幼く、遊び盛りなのかもしれない。

それに、前の街であの領主様や街の人達と関わったことがプラスに働いたのかもしれない。

またミーナも面倒見の良い性格のおかげで子供達に好かれ、よく彼らの相手をしている。

そんなことを思っていると、ふと視界の端に一人の少年の姿が映る。

（またあの子か……）

その少年は、オレ達がこの孤児院に来てから、ずっとこちらを遠目に見ていた子であった。

他の子供達や司祭がオレやミーナからの物資を喜んで受け取っている中、なぜかその子だけはオレ達の傍に来ないどころか、与えた物資にも一切手をつけようとしなかった。

最初は警戒しているのかと思っていたのだが、オレ達――というよりもミーナを睨む少年の視線は普通ではなかった。

それはまるで仇を見るような目。それが気になって事情を聞こうとしたオレより早く、子供達と遊んでいたミーナが少年へと近づく。

「こんにちはアル。そんな遠くから私達を見つめてどうしたアルか？　私達がここに来た時からずっとそうしていたアルよな？　よかったら一緒に遊ばないアルか？」

そう言って、手を差し伸べるミーナ。

だがその瞬間、少年の顔は凄惨に歪むと、すぐさま彼女の手を振り払う。

「触るな！　薄汚い魔人めッ！」

「ッ！」

思いもよらぬ少年のその叫び声に、周囲で遊んでいた子供達すら一斉に黙り込んだ。

呆気に取られるミーナであったが、すかさずソフィアが少年の傍に駆け寄る。

「ちょっと君。いくらなんでもその言い方はないんじゃないの？　ミーナ様はあなた達のためにこの数日色んな援助や協力をして――」

「うるさい！　魔人！　皆を騙せても僕は騙されないぞ！　お前らなんて僕達人間の敵だ！」

「そ、そんな！　アタシやミーナ様はこの国の人達と仲良くなりたくて……」

「うるさい！　そんなの関係あるか！　僕の父さんと母さんは……お前達魔人に率いられた魔物に襲われて殺されたんだぞ！」

「なっ……！」

驚愕の表情を浮かべて固まるソフィアとミーナ。

そんな二人を睨みつけた後、少年は孤児院の中へと消えてしまう。

呆然とするオレ達の背後から、司祭が近づいてきて言った。

「申し訳ありません……あの子は六魔人が現れた際、それに影響を受け凶暴化した魔物の集団に故郷の村を襲われ、逃げ延びてきた生き残りなんです。ですから、あの子は魔物を……それを統べる魔人を憎んでいるのです。あなた達の手伝いには感謝しておりますが、あの子があなた達に心を開くかどうかはまた別かもしれません。申し訳ありません……」

そうだったのか……

少年の態度にショックを受けたオレやミーナであったが、言われてみればそうした人達がいてもおかしくはない。

直接襲ったわけではなくとも、魔物による被害を受けた人間ならば、その統治者である魔人を憎んでも仕方がない。

それはミーナとは関係がないとその子に説明しても、受け入れるのは難しいだろう。

理屈では分かっていても感情というのは難しいものだ。

とはいえ、今オレ達にできるのは『国民投票』の日まで可能な限り街に貢献すること。

幸い、ここ最近の孤児院での活動が街の人達からも認められ、ミーナに対する印象は良い方へ流れている。

このままいけばミーナの『天命』が果たされるまで、あと僅かだ。

そう思いながらも、なぜかミーナの表情が曇っていたのをオレは見た。

『国民投票』の日まで残り僅か。

それからもオレ達は孤児院に通い続けたが、もうその少年と会うことはなかった。

◇　◇　◇

「いよいよ『国民投票』の日だな。調子はどうだミーナ？」

「そうアルな……まあ、正直言うと少し緊張しているアルよ」

「だよな。これでミーナの『天命』が果たせるかどうかが決まるからな」

その日、オレは領主から提供された宿の一室にてミーナと、もうすぐ訪れる投票の時間を待っていた。

『国民投票』は街の中央広場で行われるらしく、領主が用意した箱にミーナを認めるかどうか書いた紙を投票し、それを集計して発表するとのこと。

またすでに他の三都市で行われた投票結果も領主ランスさんの元へ届いていて、ここでの投票結果と合わせて、ミーナがこのレスタレス連合国で認められるかが決まるらしい。

そのため、先程からミーナは緊張した様子でどこか浮かない表情をしていた。

「大丈夫だって。これまでミーナはこの国の人達のために色々とやってきたんだ。皆もミーナの頑張りは認めているから、きっと大丈夫さ」

「……そうだといいアルな」

「そうに違いないって。ここまで頑張ったんだからきっとミーナの『天命』は果たされるよ」

オレがそう言った瞬間、ミーナは顔を俯かせてボソリと呟いた。

「『天命』か……本当は私は『天命』なんてどうでもいいアルよ……」

「え？」

『天命』がどうでもいい？　それはどういうことだ？

人間の国に来てこれまで彼らに貢献してきたのは、自分の『天命』を果たすためではないのか？

思わぬセリフに驚くオレであったが、ミーナはそのまま部屋から出ていく。

慌てて後を追おうとするオレの前に、ソフィアが現れた。

「お兄ちゃん、話したいことがあるの」

「ソフィア？」

彼女の表情は今までになく真剣であり、オレは黙って彼女の話を聞くことにした。

「本当はこのことを言うべきかどうか迷ったんだけど……多分、お兄ちゃんには伝えた方がいい。ミーナ様の本当の目的は、『天命』を果たすことでも魔王になることでもないの」

「え？」

ならば、なぜ彼女はわざわざ人間の国に来たのだ？

『天命』を果たして魔王となる。それ以外に、魔人であるミーナがこれほどまでに人間と接する理由とはなんだ？

戸惑うオレに、ソフィアはポケットから一つの鍵を取り出して見せる。

「これ、ミーナ様の荷物にある箱の鍵。答えはその中にある。それを見て知っておいてほしいの。ミーナ様の本当の目的を。それを見て、お兄ちゃんがどうするのか判断して」

ソフィアのかつてない真剣な眼差しに促され、オレはその鍵を受け取るのだった。

◇　◇　◇

「いよいよだな。お前、あの魔人のこと認めるのか？」

「オレの弟がムルル街に住んでるんだが、そこであの魔人に助けられたって聞いてな。それにこの街でのあいつらの協力を聞けば、悪い魔人でもないだろう」

「確かに孤児院の司祭も感謝してるみたいだったしな」

「けどコークスの街じゃ、あの魔人達の介入で領主が殺されたって噂もあるぜ？」

「バッカ、それは冤罪《えんざい》だって。知らないのか？　それをやったのは別の魔人だ。むしろ、そいつを倒すのに協力したのがあのミーナやソフィアって魔人らしいぜ」

「けど本当にそれで魔人を認めていいのか？　こんなの前例がないぜ」

「確かにな。けれどあの魔人がオレ達人間の味方になってくれるってのは頼もしいんじゃないのか？」

「なるほどな。そういう考え方もあるか……」

すでに広場では住人が集まり、様々な意見が交わされていた。

これまでのミーナ達の活躍を見て、あるいは聞いて、認めてもいいと考える者達。

魔人という存在を安易に認めていいのかと否定的な者達。

そのどちらでもない中立的な者達。

様々な意見を持つ者達が話し合っているが、やがてそれらは、広場の中心に立つ領主の一声により中断される。

「お集まりいただいた皆様。ありがとうございます。それではこれより、ここにいる魔人ミーナ様を我がレスタレス連合国において受け入れるか否か。その『国民投票』を行いたいと思います」

集まった者達が静まり返る中、すぐに投票箱が用意され、列を作った並んだ者達が次々と、事前に渡されていた投票用紙を箱の中へと入れていく。

箱には特殊な魔法がかけられていて、決められた紙以外は受け付けず、また白紙の紙も自動的に吐き出される仕組みとなっている。

そのため、いたずらや冷やかし目的の者はすぐさま紙を突き返され「受け入れるか否か、どちらかを書いてもう一度箱に入れてください」と兵士に注意される。

ううむ、さすがは連合国。こうした投票はお手の物のようだ。

一時間と経たずに投票が終わると、待機していた魔術師達が箱の中に入った投票用紙を魔術により選別していく。

やがて解析が終わると、その結果が紙に書かれて領主へと渡される。

領主はその紙を受け取ると、懐から別の用紙を三枚取り出した。

「それではまず先にムルル、レタルス、コークスの三つで行った『国民投票』の結果を開示したいと思います。こちらは今朝方、各都市の領主から届けられたものであり、これらの結果とここグルテルでの投票結果を合わせて、魔人ミーナ様を認めるか否か決めさせていただきます」

そうして、領主が一枚目の紙を開き、そこに書かれた数字と可否の結果を告げる。

「まずムルル。投票数二四八八対六四五で魔人ミーナを認めることに決定」

その賛成の多さにざわつくグルテルの人々。

それはオレ達も同じだったが、あのムルルの人達はちゃんとミーナのことを認めてくれたのだと安心した。

「次にレタルスは、投票数三〇一七対五七四。次にコークス。こちらは投票数二一七〇対九六五。いずれも魔人ミーナを受け入れることに多数の票が入っております」

領主の発表に息を呑む人々。

これまでの集計から、ミーナは訪れた全ての街にて認められていると証明された。それも圧倒的な数で。

そして、オレ達がそれを喜ぶよりも早く、領主は残った最後の一枚、このグルテルでの投票の結果を開示する。

「そして、ここグルテルでの投票の結果は――投票数一九〇三対一〇一一で魔人ミーナを受け入れることに可決。この主要四都市での『国民投票』の結果により、魔人ミーナ様を我がレスタレス連合国にて認めることを決定いたします」

領主の宣言。それによって訪れる静寂。

だが、その静寂を打ち破るように、すぐさまソフィアがミーナに抱きつく。

「～～やったー！　すごいー！　やったやったよー！　ミーナ様！　これで人間国に認められましたよー！　おめでとうございますー！　ミーナ様！」

弾けるソフィアの声。それに一拍遅れて街の人達のざわめきが広がり、次第に拍手へと変わっていく。

見ると、この広場に集まった半数以上の人達が口々にミーナへと賛辞を送っている。

「すげーな！　あれだけの数の支持を得るなんて、ミーナって魔人が本当に友好的ってことの証明だろう！」

「あったりまえだぜ！　オレは最初から疑ってなかったぜ！」

「なんにしても魔人ミーナさん。おめでとうさんー！　これでアンタはこのレスタレス連合国の住民の一人だぜー！」

「ああ、なんならこのままこの街に住んだらどうだー？　魔人さんー！」

次々と投げかけられる祝福の言葉に、しかしミーナは未だ緊張しているのか、どこかぎこちない笑みを浮かべている。

オレはそんな彼女に近づき、手を差し伸べる。

「良かったなミーナ。これでお前は人間国に認められたぜ。おめでとうさん」

「あ、ああ、ありがとうアル、ユウキ……」

「何を堅苦しい笑みを浮かべているんだよ、ミーナ。これでお前の『天命』も果たせたわけだし、目的は達成だろう？」

「あ、ああ……そう、アルな……」

しかしオレが告げた『天命』という言葉に、なぜかミーナは苦い顔で頷く。

一体どうしたのだろうか？

そう思ったオレであったが、次の瞬間、広場に一人の少年の叫びが木霊《こだま》する。

「――ふざけるな！　僕はそいつを認めないぞ!!」

声のした方を振り向くと、そこに立っていたのは孤児院にてミーナを批判した、あの少年であった。

「君は……」

「何が『国民投票』だ……！　そいつは魔人だぞ！　僕達人間を襲い続けた魔物達の主！　そいつらのせいで僕達の国がどれだけ被害を受けたのか、皆だって忘れたはずないだろう!?　それがほんの少し僕達の街に協力したから認めるだって？　僕は騙されないぞ！　そんなもので、魔人を認めたりするもんかー！」

広場に響く少年の悲痛な叫び。

それは集まった人々の間にも動揺を走らせた。

「確かに……言われてみれば、それでこれまでの被害をなかったことにするのもな……」

「それに今までの街への協力もこの『国民投票』のためのポーズであって、これからもそうするかどうかは分からないし……」

「おい、なんだよ。お前ら、急にそんな意見を変えるのかよ！」

「そうは言うが、あの子の言うことも一理あるぞ」

「そうだ。それにあの子の故郷が魔物に滅ぼされたのを知っているだろう」

「ああ、オレだって昔馴染みの親友が暮らしていた村が魔物に襲われた。確かにそんな簡単にあの魔人を受け入れていいのか？」

先程までミーナを受け入れようとしていた人達の間に次々と疑惑と不信、嫌悪の感情が広がる。

すでに『国民投票』の結果によって、ミーナはこのレスタレス連合国において受け入れられることが決まったはず。にもかかわらず、この場の雰囲気はよからぬ方向へと向かっていた。

「静粛に！　『国民投票』の結果は絶対です！　我々連合の民が多数決によって決めた厳正なる結果です！　これに異議を唱えることは我が連合国の矜持《きょうじ》を汚《けが》すことになります」

「そうは言いますが領主様。このような状況でその魔人を受け入れるというのも……」

「ここはもう一度、投票をやり直してはどうですか？」

「そんな簡単にやり直していいものではないだろう！」

「いやだが、現状では皆納得していないし……」

ザワザワと不満の声が広がる。

せっかくミーナが人間の国に受け入れられると思ったのに、こんな流れになるなんて……

焦るオレは隣に立つミーナを見る。彼女はこの場の雰囲気に居心地の悪さを感じているのか、苦虫を噛み潰したような表情だ。

なんとかして、この流れを止めないと。そう思った瞬間であった。

「ははは、だから言っただろう。人間なんてものは自分勝手な生き物だって。お前らは人間に夢を見過ぎなんだよ。こいつらに認めてほしいなら、やり方は一つしかねぇだろう」

「!?　この声は！」

突然響いた声に、オレは上空を見上げる。

するとそこには、黒いコートに身を包んだ一人の男がいた。

「な、なんだ！　あれは人か!?」

「いや、待て！　あの姿はまさか！」

「ゆ、ユウキ様!?　勇者ユウキ様ではないのか!?」

「ど、どういうことだ!?　ユウキ様が二人いるのか!?」

そう、それは大和との戦いの際に『万能錬金術』によって創造した、もう一人のオレであった。

「お前、何しに現れた!?」

「つれないなぁ。オレはお前達にできない手助けをしにきてやっただけだぜ」

そう言って邪悪な笑みを浮かべるもう一人のオレの視線は、ミーナを見据えていた。

一体何をするつもりだ？　そもそもこいつの目的はなんなんだ？　戸惑うオレ達をよそに、あろうことかそいつは右手に生み出した魔力を街中へと解き放つ。

「!?　う、うわあああああ！　なんだ一体!?」

「ゆ、勇者様が攻撃してきたぞ!?」

「い、いや違う！　よく見ろ！　あのユウキ様からは勇者の称号を感じないぞ！」

「ほ、本当だ！　なんだあの邪悪な気配は……！」

「あ、あれはまさか……!?」

「ま、魔人!?　魔人だ！　あのユウキ様は魔人だー!!」

「う、うわあああああああ！　逃げろー!!」

突如として現れた魔人ユウキの攻撃により、広場に集まった人達は大混乱。

そのまま阿鼻叫喚《あびきょうかん》の巷《ちまた》となり、逃げ場を求めて騒ぎ始める。

一方の魔人ユウキは、そんな眼下で逃げ惑う人達を見て愉悦の笑みをその顔に浮かべる。

「はっはっはっ、いい反応じゃないか。そうそう、人間ってのはこうやって怯え泣き叫ぶ姿がお似合いだぜ」

「お前！　なんのつもりアルか！」

「あーん？　なんのつもりって、さっき言ったとおり、お前らができないことをオレがしてやってるだけだよ」

突然攻撃を始める魔人ユウキに食ってかかるミーナであったが、魔人ユウキはその怒気を受け流して続ける。

「そもそもミーナ。さっきの『国民投票』とやらじゃ、お前の『天命』は果たされていないはずだ」

「なっ！　そんなまさか!?」

魔人ユウキの一言に、オレは慌ててミーナの方を振り向く。するとなぜか彼女の表情は凍りついていた。

この反応……ということは、本当に『天命』は果たされていないのか？

そんなバカな。さっきの『国民投票』でミーナはこのレスタレス連合国に認められたはず。なのにまだ『天命』が果たされていないなんてどういうことだ？

「くっくっくっ、当然だなぁ。『天命』ってのはそう簡単に果たせるものじゃねえ。今みたいな形だけの『国民投票』でお前を認めようとしても、それでお前を認めたことになるのか？」

「そ、それは……」

魔人ユウキの問いにミーナは口ごもる。

確かにそうだ。事実、先程の少年の他、それまでミーナを受け入れようとした人々も動揺を隠せないでいた。

あのような状態で、本当にミーナが人間の国に受け入れられたと言えるのだろうか？

「だろう？　だから、もっと手っ取り早い方法で、この国の人間達にお前を認めさせればいいんだよ。ミーナ」

「それはどういう意味アルか？」

困惑するミーナに、魔人ユウキは邪悪な笑みを浮かべながら答える。

「〝支配〟だ。暴力による支配。圧倒的力による支配。魔人としての力で、この人間の国レスタレス連合国を乗っ取る。そうすれば、そこにいる人間共はお前を認めるしかない。お前自身がこの国の支配者となれば、それは無条件で人間の国においてお前が認められたってことになるだろう！」

「なっ!?」

魔人ユウキのとんでもない発言に、ミーナだけでなくオレやソフィア、裕次郎までも呆気に取られる。

だが、奴はそんなオレ達のことなどお構いなしに街を破壊し続け、逃げ惑い怯える人々を見ながら高笑いする。

「ははははは！　最高だな！　やはりこれこそ魔人の本分！　人間に協力し、奴らに取り入ろうとしたのがそもそもの間違いだ！　魔人なら魔人らしく、それらしいやり方で『天命』を果たせばいいだけだろう！　なあ、そうじゃないのか？　ミーナ」

「ッ、違う！　それは私の知るやり方ではないアル！」

魔人ユウキの主張を、真っ向から否定するミーナ。

だが、そんなミーナを魔人ユウキはどこか楽しげに見つめる。

「本当にそうか？　じゃあ、なぜお前はあれほど人間達に尽くした？　『天命』を果たすため、それだけじゃないはずだ」

「そ、それは……」

「代わりに答えてやるぜ。お前がこの人間国に来た本当の目的、それは『偵察』だろう」

「な、なに？　偵察だと？」

「ど、どういうことだ!?」

魔人ユウキの一言に街の人達が戸惑う。

「簡単なことだよ。魔国を支配した後、その魔王がすることはなんだ？　当然、人間国への侵略と支配だ。その際に拠点となる人間国があれば世界征服も楽になるだろう？　普段、人間がどのような生活をしているのか。その生活において弱点は何か。どのような侵略、攻め方をすれば効率的か。ミーナの目的は『天命』を果たすことでも、ましてお前達の機嫌を取ることでもない。お前達の国を支配するための下見だよ！」

「なっ⁉」

「そんなバカな⁉」

その答えに街の人達は愕然となる。

だが、一部の者達はまるで得心がいったように頷いていた。

「だが、確かにそうだ……魔人であるあの女がオレ達人間にあれだけ好意的なのはおかしいと思ったんだよ。オレ達に認められたいとか、そんなことをしてなんの得があるんだ？」

「オレ達の生活や文化を偵察していたってんなら合点《がてん》がいくぜ」

「じ、じゃあ、オレ達はこれまでずっと、あの魔人に謀《たばか》られてたのか……？」

「はははは！　そういうことだ！　ミーナ、こうなったら魔人らしくこの国を支配して、お前の『天命』を果たした方が早いんじゃないのか？　ははははははっ！」

人々の疑惑を肴《さかな》に哄笑する魔人ユウキ。

だがオレはそれにたまらず反論を叫ぶ。

「違う！　ミーナはそんな魔人なんかじゃ断じてないッ‼」

オレの一言に、それまで騒いでいた人々が一斉にこちらを見る。

「ミーナがこれまでこの国で頑張っていたのは、『天命』を果たすためでも魔王になるためでも、まして侵略目的の偵察なんかでもない。彼女がここに来た、本当の理由。それは――『憧れ』だ!!」

「は？」

「な、何を言っているんですか？　勇者様」

オレの演説に戸惑う人達。だが、これ以上、黙っていることなどできない。

そう思ったオレは懐から箱を取り出す。

それを見た瞬間、ミーナは慌てふためく。

「なっ!?　お、お前！　そ、それどこで見つけたアルか!?　と、というか、まさか中身を見――」

「すまん、ミーナ。ソフィアから鍵をもらって中を見させてもらった」

「なっ!?」

オレの告白に顔を真っ赤にして硬直するミーナ。

だが、オレはそれに構うことなく箱を開く。そこにあったのは一冊の日記。

なんの変哲もない、とある少女の想いと記憶が綴《つづ》られた日記。

だが、これこそが今の状況を打開する奇跡の一手だとオレは信じていた。

「告白ついでに謝罪しておくぞ、ミーナ。お前は嫌がるかもしれんが、オレはこれからお前の『秘密』をここにいる全員――いや、この連合国にいる人々全てに打ち明ける！　その上でもう一度皆に問いたい。魔人ミーナが果たして本当に人間の敵か、それとも友になれる存在か。その結論を！」

オレは右手に持った日記を高く掲げ、宣言する。

「アイテム使用！　『ミーナの日記』！」

スキル宣言と共に、ミーナの日記がオレの中に取り込まれる。

ここからが真骨頂。今のオレならできるはず。

以前裕次郎にスキルを与えたように、今オレが取り込んだ『ミーナの日記』に宿る彼女の記憶と想い、それらを『アイテム』として、この連合国にいる人々全てに向け『使用』――！

オレがありったけの力を込めてスキルを解放すると、手のひらから放たれた光は空へと向かい、その光は瞬く間にこの連合国の全てへと降り注ぐ。

そして、その光の雨に人々が打たれた瞬間、彼らの中に流れ込んだのは、とある一人の少女の記憶と想いであった。

◇　◇　◇

エルザ歴五七一年〇月×日。

この日、父様が殺された。人間の勇者にだ。

ベルクール兄様は「弱肉強食。盛者必衰《じょうしゃひっすい》」と言ってあっさり受け入れ、幼いリリムは「よく分かんなーい」と軽く流していた。

けれど、私はそんな簡単に受け入れられなかった。

父は立派な魔王であった。

父の統治であれば、この魔国はもっと広がって人間の国すら呑み込み、私達魔人や魔物がこの世界の支配者となっていたはず。

そんな父を殺した勇者や人間を、私が許せるはずはなかった。

けれど、まだ幼く力も未熟な私は耐えるしかなかった。

魔人の称号を手に入れ、魔王の力を得るにはあと五百年の研鑽《けんさん》が必要だった。

だからその間、私は人間達の知識や歴史、文化を学ぶことにした。

敵を倒すには、まずその敵を知ること。

そう、全てはいつの日か人間国を支配し、蹂躙するための下調べであった。

「この聖騎士物語って絵本、すごく面白いアル！　なるほど、人間の文化とはこういうものアルか……力ある者が弱者を束ね支配するのではなく、時に手を差し伸べ共存する。うーん、私達魔国には理解できない概念アル。強者がその特権を弱者のために使うなんて……それで国がよくなるアルか？」

「それにしてもこの『物語』という文化はすごいアル！　人間の文化や生活を知るだけでなく、話自体もすごく面白いアル！　それにこの物語の主役として登場する『勇者』は、私の父上を殺したあの勇者がモデルに違いないアル！　私が倒すべき仇敵の情報をここまで事細かに教えてくれるとは！　愚かな人間達め！　私がこの物語にハマればハマるほど、私は勇者や人間達に関する情報を隅々《すみずみ》まで知れるアル！　くっくっくっ、待っていろ。次なる勇者よ。私がこの物語を読破する頃にはお前のことを全て理解し、その弱点もさらけ出させてやるアル！」

「うがー！　勇者よ、なぜそこで王女の方とくっつくアルかー！　お前には故郷に幼馴染《おさななじみ》がいるではないかー！　くうーなんなのだ、この展開はー！　私なら絶対に幼馴染を選ぶというのに、この勇者とやらは地位や名誉といった看板に惑わされて王女を選んだアルかー！　おのれ、勇者め！　やはり貴様など倒すべき存在アルー！　ちょっと優しくて正義感が強くて、皆に平等で純朴で、天然なところもあるけれどやる時はやるかっこいい奴だからといって調子に乗りすぎアルー！　もしも私の前に現れた勇者がこんな奴だったら、絶対に八つ裂きにしてやるアルー！」

「ふむ。それにしても知れば知るほど人間社会の構造というのはよく出来ているアル。魔国が今の状態から広がりがないのも、やはり強者ばかりが特権を得ている弱肉強食の理に原因があるのではないのか……？　よし、決めたアル。私はこれからこの人間の文化を取り入れ、魔国においても社会と呼べる機構を作るアル！　これは決して人間の物語に影響されて、ちょっといいなーとか思ったからではないアル！　評価するべきところはちゃんと評価して受け入れ、それを利用する。そうした者こそが国のトップに立つべきアル」

「あーー！　人間の国から取り寄せた『物語』シリーズを全部読んでしまったアルーー！　続きーー！　続きが読みたいアルーー！　勇者の活躍をもっと見たいアルーー！　人間の文化や社会も、もっとたくさん見たいアルーー！　これは決して連中の社会が気になるからではないアル！　敵情視察！　そう、これは敵情視察アル！　だから、もっと勇者や人間の国について知りたいアルよーー!!」

「魔人になって、第二位の称号を得て、私が統治するイゼルは他の領土に比べ遥かに安定したアル。これも人間社会を真似……ちょっと影響を受けたおかげアル。けれど、実際の人間国は私が統治するイゼル領よりも、もっと良いところなんだろうな……物語で読んだ国はどこもキラキラしていたアル。差別もなく、弱者と強者の区別もない平等で平和な国。そんな楽園のような理想郷……それが本当に人間の国にあるのなら行ってみたいアル……それから『物語』の主役で登場する勇者、こいつとも早く会ってみたいアル。ああ、だけどできれば敵ではなく、もっと別の――」

そう呟き、私は言葉を呑み込む。

私の『天命』は、父が殺された瞬間に私の中に宿った。

元々『天命』とは、達成困難な難行が課せられるもの。故に父を殺した人間達の国に私が受け入れられるというのは、文字通り達成不可能な難題であった。

だが、今となってはその『天命』の内容に私は憧れを抱き始めていた。

最初は敵を知るため、そしてあわよくばこの『天命』達成のヒントになればと思い、人間について学び始めた。

だが、いつしか私はそんなことを忘れるくらい、人間の文化、国、物語に夢中になっていた。

「ミーナ様。リリム様より同盟についての手紙が届きました。なんでも魔王と勇者の称号を持つ者がかの国に現れ、我らイゼル、アゼルとも並ぶ勢力になったとのこと。いかがいたしますか?」

「ほお、興味深い話アル。いいアル、リリムにはその魔王と勇者の称号を持つ者と話をしてやると返事をするアル」

「かしこまりました」

「…………ゆ、勇者の称号を持った者アル～～～⁉　ということはあの『物語』シリーズに出てきた勇者に会えるアルか⁉　ほ、本物～⁉　い、いや、待て待て……落ち着くアル、ミーナ。勇者は父を殺した仇、私の敵アル。そうアル。それにあれはフィクション。私が読んでいた『物語』シリーズのような、優しくておおらかでちょっと天然が入ってて、でもやる時はやる、そんなかっこいい奴が現れるなんて、まさかそんなことは……」

私は自分を抑えるように言い聞かせた。

だがその数日後、そいつを迎えたことにより私の長年の夢が叶う時が来た。

「オレの名前はユウキ。今はこっちにいるリリムからウルド領の支配を任された魔王だ」

う、うわー！　本物の勇者！　し、しかも私が読んでいた『物語』シリーズの勇者のイメージにかなり近い。

むむむ、リリムの奴め。なぜあいつが先にこやつを手にしているアルか。私の方が姉アルよ。しかも魔王の称号まで持って、どことなく父様の気配もあるし……むむむっ。

いや、だがこれはある意味、チャンス。

この同盟にかこつけて、こやつらと共に長年の夢であった人間国に行くことができれば……！

「いいアル。その同盟結んでもいいアル」

「本当か！　なら、早速――」

「ただし、条件があるネ」


そうして訪れた人間国。

そこでは様々な人間達や、その国のことを知ることができた。

けれども、そこは決して私が理想としていた国ではなかった。

むしろ、期待を裏切られることも多くあった。

魔人ということで、私は多くの人間達に警戒され、受け入れられなかった。

けれども、共に行動してくれたユウキのおかげで、私は次第に人間達に受け入れられた。

ずっと物語の中でしか見たことのなかった人間達との会話。

そう簡単に受け入れられるとは思わなかった。けれども、できることなら少しでも人間達と仲良くなれればと、そう思っていた。

それは決して『天命』を果たしたいからではない。

幼い頃からずっと物語を通して見てきた人間とその社会。それと触れ合いたい。

ただそれだけが目的で、私は人間の国へ来た。

『天命』など果たせなくてもいい。

『勇者』の称号を持つユウキと共に人間国へ来られた。それだけで十分、私の夢は叶った。

実際、何度も私は『天命』の達成は無理であろうと諦めていた。

魔人というだけで人間達に怖がられ拒否された時、無理だと諦めた。

ソフィアがいわれのない罪に囚われ、私達にその罪状が向けられた時、ダメだと諦めた。

『国民投票』で私を認めるかどうか決めると言われた時、叶うはずがないと諦めた。

だって、私が読んできた『物語』では必ず魔人は悪で倒されるもの、人間と和解できない敵であったのだから。

彼らの文化、社会を好きになったからこそ、自分は受け入れられないとはじめから諦めていた。

けれどもその中で私は――優しい人達と出会えた。

「ミーナさん。今日も手伝ってくれてありがとうな」

「いやー、ミーナさんのおかげで魔物の被害が減って何よりです。本当にありがとうございます」

「ミーナさん、今日は美味しい果実が手に入ったんです。この間の狩りのお礼に一つどうですか？」

「いやはや、皆様の貢献には本当に助かっております。お陰様で最近では住民達からお礼の言葉がこの館にまで届いておりますよ」

「ミーナちゃん、よかったな！　ソフィアちゃんの疑いが晴れて！　いやー、俺らは信じていたよ！　あの子はそんな子じゃないって」

「アンタやソフィアさんの献身はオレ達だって知っているさ。亡くなった領主様も、アンタ達がこの国で認められるのをきっと見守っているよ」

「オレ達はミーナちゃんを応援してるぜ！　この国に認められるといいな、ミーナちゃん！」

「あ、ありがとうアル」

認められた。

それは私が接してきたほんの僅かな人達からの声。この国の全てと言うには到底小さすぎる声。

けれども、それだけで私は十分だった。

勇者と共に人間の国を訪れ、人間と仲良くなる。

『天命』など関係なく、その夢が叶った。

たとえ、多くの人間に畏怖《いふ》され、恐怖され、嫌悪されても、それは仕方のないこと。

人間の国は決して理想だけではない。魔国のような差別や裏切り、偏見もあった。

けれども、それでも私の想いは変わらない。

人間は素晴らしい。

そして、そんな人間達を私は愛している。

たとえ『天命』を果たせなかったとしても、彼らはずっと私の理想であり続ける。

◇　◇　◇

降り注ぐミーナの記憶。

その温かな感情に触れた人々は、先程までの喧騒《けんそう》はどこへやら、今は静かに自分達の中に流れ込んだ記憶に浸っている。

そこにはミーナという魔人の、人間に対する憧れと理想が込められていた。

無論、人間の全てが彼女の理想とした者達ではなかっただろう。

多くの人が彼女を魔人ということで差別し、偏見を持ち、断罪した。

人間に憧れを抱き続けた彼女がどれほど傷ついたか、記憶に込められた痛みが教えてくれる。

それでも、彼女の胸の奥にある人間に対する感情は、決して失意や落胆だけではない。

自分が魔人であり、人々から認められない存在と分かっていながら、人間を素晴らしい種族だと認めてくれた。

自分に優しくしてくれた人達を信じ、受け入れてくれた人達を信じ、人間が好きだという感情を失わずにいてくれた。

そんな彼女がこの国に認められないなんてことが、あっていいはずがない。

オレはこの場にいる全員――いや、この国にいる全ての人達に響かせるように告げる。

「ミーナは誰よりも人間に恋焦がれ、憧れてきた魔人なんだ！　魔人だからというだけで、彼女を受け入れない理由にしていいのか！　確かに魔人や魔物は人々の敵かもしれないが、それは『ミーナ個人』とは関係ないはずだ！　彼女のこれまでの行動を〝直接見た〟あなた達に問いたい！　それでもまだ彼女が魔人だからという理由で認めないと言うのか⁉」

オレの叫びにこの場に集まった人々は答えられず沈黙する。

やがて、それに応えるように上空より空々しい拍手が響いた。

「ははは、大した演説だな。さすがはオレだ。つーか『アイテム使用』にそんな使い方があったなんてなぁ。アイテムを介しての記憶の共有とは、いやぁ、オレのスキルは汎用性が高いねぇ」

見ると、上空にいた魔人ユウキがオレとミーナを一瞥しながら告げる。

「けどな、それでもミーナの『天命』を果たせるのはお前じゃねえ、この〝オレ〟だ。お前の生ぬるいやり方でこの国の連中がミーナを認めるのか？　そんなわけねぇだろう。なら、魔物と同じように力による支配で認めさせればいい。それだけがミーナの『天命』を果たす唯一の手段だ」

こいつ、なぜそこまで人間を支配する手段にこだわる？

というよりも、これはミーナの『天命』に固執しているのか？

だが、それにしても妙だ。こいつは何かがおかしい。

そう疑問を感じた瞬間であった。

「もういいアル」

突然、ミーナが口を開き、魔人ユウキを見据える。

そして、彼女は信じられない一言を告げる。

「もうそこまでにしてアル。ユウキ——ううん、〝お父様〟」

「なっ⁉」

ミーナの一言にオレは瞠目《どうもく》する。

だが、その言葉を向けられたもう一人のオレ——いや、オレの姿をした〝奴〟の気配が変わる。

「ほお、いつ気がついた。ミーナ」

「最初に見た時からなんとなく気配を感じていたアル。それに、こうして改めて対面すれば嫌でも理解するアル。特に、そうやって私に無理やりものを教えようとするところは変わらないアル」

「はは、そうか。さすがは我が愛娘《まなむすめ》といったところか」

「ちょ、ちょっと待て！　どういうことだ⁉　なぜお前がそこにいるんだ、ガルナザーク！」

ミーナの答えに愉快そうに笑うガルナザークに、オレは慌てて問いかける。

「簡単なことではないか。あのヤマトという奴を倒す際に、お前はお前の中に存在する『最も強い自分』をホムンクルスとして創造した。お前の中に存在する最も強いお前。それはお前の中に封じられた、魔王の称号を持つガルナザークをおいて他にない。つまり、我がこうやって顕現《けんげん》できたのは全てお前のおかげというわけだ」

「……ッ！」

ガルナザークの答えに、オレは一瞬息を呑む。

だが、確かに奴の言うとおりだ。

オレは大和との戦いの時、このままでは勝てないと無意識に理解していた。

あの状況でいくらオレ自身のホムンクルスを生み出したとしても、勝機はなかった。ならば、オレ以上のオレを生み出すしか勝つ手段はない。

そして、オレの中にはそんなオレを凌《しの》ぐ存在が眠っていた。

この異世界に転移してから初めて、オレが完全には勝つことができなかった存在。

『アイテム使用』という反則スキルで吸収することによって、なんとかその場を抑えたに過ぎない存在、ノーライフキング——魔王ガルナザーク。

オレは無意識の内に奴の力を頼り、オレというホムンクルスの器に奴の魂を入れて顕現させていたのか。

「そう悲観するな。確かに我はガルナザークだが、それでもお前から生み出されたお前の分身であることに変わりはない。つまりお前自身の考え方や性格も混じった新しいガルナザークと思え。そうだな……比率的に言えば我の人格が七でお前が三といったところか。だからこうしてお前達の目的にも協力してやっているのだろう」

「目的だと？　お前が言っていた、支配による『天命』の達成か？　そんなやり方でミーナが納得するわけがないだろう。彼女は『天命』を果たしたいわけじゃない。ただ〝人間に認められたい〟だけだ」

「綺麗事だな、そんなことだからミーナの『天命』を果たせないのだ」

オレの訴えを鼻で笑うガルナザーク。

やがて、その視線は怯えた市民達へと向かう。

「お前も知っているはずだろう。この世界の人間は醜《みにく》い、自分勝手だ。常に自分達のことしか考えない魔物と大差ない存在。これまでも見てきたはずだろう？　このような連中は恐怖という鎖で支配し、それによって認めさせればよいのだ。このようにな」

そう言って右手に生み出した黒い球体を、眼下の住民達へ向けて放つガルナザーク。

だが、それは地上に届く前に、ミーナの腕のひと振りにより、中空にて跡形もなく消滅した。

「ほお、なんのつもりだ？　ミーナ」

「言ったはずアル。もうこんなことをする必要はないアル。お父様」

「だが、こうでもしなければお前の『天命』は果たされないだろう。魔国を統一するためにはお前が魔王に進化することは必須。ならば、どのような手段をもってしても『天命』を果たすのがお前の役目ではないのか？」

「それは違うアル。魔王の称号は魔国を統一した後でも手にすることはできるアル。元々『天命』なんてものは挑む必要のない無理難題。私が『天命』を果たそうとしたのは、単に人間の国を訪れてみたかったから。つまり、これまでの全ては私のわがままアル。これ以上、私のわがままにこの国の人達を巻き込むわけにはいかないアル」

そう断言すると、ミーナは迷いない瞳をガルナザークに向ける。

「ふむ。では、どうするというのだ？　まさか我と戦う気か？　父である我と戦う決意があるとでも？」

挑発するようなガルナザークの問いに対し、ミーナは答えない。

代わりに彼女の背後で怯える住民達に視線を送ると、傍にいたソフィアへと声をかける。

「ソフィア。住民達の避難と保護を任せたアル」

「分かりました。ミーナ様」

ミーナからの簡潔な命令にソフィアは素直に従い、すぐさま近くにいた住民達を避難させる。

オレもそんなミーナに倣《なら》うように裕次郎に住民達の避難と保護を任せる。

「ユウキ。すまないアルが手を貸してほしいアル。『天命』とは関係なしに、私はこの街の人達を救いたいアル。それが私が憧れた『人間《ゆうしゃ》』の行為だろうから」

「――分かった」

ミーナの頼みにオレは頷く。

そんなオレ達を見て、ガルナザークは呆れたようにため息をこぼす。

「やれやれ、失望だな、ミーナ。魔人は魔人らしいやり方で人間を支配すれば良いというのに。未だお前の中にある理想に従うというのか？　人間の全てがお前の理想通りではなかっただろう」

「確かにお父様の言うとおり、人間は私が思っていたほど高潔ではなかったアル。けれども、理想に近い人間達は確かにいたアル。ここにいるユウキをはじめ、私達魔人を受け入れてくれた人々はいたアル。私が戦うのはそんな彼らのため。認められたいからではないアル。だから、もうお父様の考えに縛られるつもりはないアル」

それはハッキリとした決別。

かつては尊敬し憧れたであろう自らの父の考えを否定し、新たに自分で見つけ出した信念、理想に殉《じゅん》じるという確固たる意志。

それを聞いたガルナザークは一瞬、その顔にどこか嬉しそうな笑みを浮かべた。

「そうか。ならば、その考えを貫き通すがいい。もとより我ら魔物は、そうした己の意志を力によって実現してきた種族だ。お前がこの先、魔国にて人間社会のような法や秩序を築くというのなら、それを貫き通せる実力を我に見せてみろ。少なくとも、ここで我を倒せないようではベルクールに勝つことなどできないだろう。あれはあらゆる意味で我の思想や理念を受け継いだ後継者なのだからな」

「なら、ここでお父様に勝てれば、ベルクール兄様にも勝てるということアルな」

ガルナザークからの返答を聞き、ミーナは静かに戦闘態勢を取る。

そんな彼女の決意に促されるように、オレもまたミーナの傍で聖剣を手に生み出し、ガルナザークを睨みつける。

「お前とこうして戦うのはヴァナディッシュ家の屋敷以来か、ユウキ」

「そうだな。できれば二度と対面したくなかったが」

「そう言うな。せっかくこうして再戦の機会を得たのだ。あの時はお前を侮っていたが、今は違う。お前は我が全力をぶつけるに相応しい相手だ。かつて我を葬った勇者――いや、それ以上の相手として挑ませてもらおう」

「そりゃ光栄だな。けど、今回も勝つのはオレだぜ。ガルナザーク」

オレの挑発に対し、ガルナザークは不敵な笑みを浮かべ、魔王との再戦が幕を開けた。

戦闘開始と同時、まず先に動いたのはガルナザークであった。

奴は自らの周囲に無数の黒炎を生み出すと、それを眼下のオレ達目掛け、流星群のように放つ。

言うまでもなく闇魔法上位のシャドウフレアだ。

しかもその威力は以前オレと対峙した時と遜色《そんしょく》ない。今のオレでも奴のシャドウフレアを魔法吸収するのは危険であろう。

オレは即座に防御魔法を展開し、それに覆いかぶせるように、ミーナも同じような結界を張る。

ガルナザークの放ったシャドウフレアは、オレ達が張った結界により次々と霧散していく。

「ほお、我のシャドウフレアを防ぐとは。腕を上げたな」

それはオレに対して言っているのか、ミーナに対して言っているのか、あるいはその両方か。

いずれにしろ今の一撃でオレ達に対する評価を改めたのか、ガルナザークは再び戦闘の態勢を取ると、目に見えない動きで瞬時にオレの眼前へと迫る。

分かってはいたが速い！

思わぬ高速移動に反応が遅れるオレであったが、そんなオレよりも一瞬早く、ミーナの足がオレに拳を放とうとしていたガルナザークの脇腹を蹴り上げる。

「くッ……！」

ミーナの一撃を受け、そのまま建物に激突するガルナザーク。

「すまない、ミーナ！　助かった」

「礼は後でいいアル。今はそれよりもあいつに集中するアル」

そう言ってガルナザークを見据えるミーナ。

一方のガルナザークもダメージはほとんど受けていないらしく、涼しい顔で体についた埃《ほこり》を払っている。

「やれやれ、やはりこの体ではこの程度の速度しか出せないか。全盛期の我の肉体ならば今のような一撃を食らうことはなかったのだが」

そう言いながら、ガルナザークは自身の肉体を確かめるように拳を何度か握り締める。

やはり『万能錬金術』によって生み出したオレの体が器であるために、勝手が違うようだ。

とはいえ、その状態でもオレやミーナを軽く上回る能力を有している。さすがはかつてこの世界を支配していた最強の魔王だ。

オレは改めて、とんでもない存在を自分の中に入れていたと戦慄する。

「だがまあ、この体も悪くはない。むしろこの肉体でしかできない戦い方というものを見せてやろう」

「？」

そう言うと、奴は親指を人差し指で隠すような仕草を見せる。それはまるで指先からコインを弾くような仕草……いや、あれはまさか⁉

オレが気づくと同時に、奴の指先から光の弾丸が飛来する。

「スキル『金貨投げ』」

「⁉　まずい！」

オレは咄嗟に隣にいたミーナをかばうように突き飛ばした。そのコンマ数秒遅れでガルナザークの指先から飛来した光の弾丸——金貨が地面を穿《うが》つ。

「なっ⁉」

「お前……そのスキルは⁉」

驚くオレやミーナをよそに、ガルナザークはさも当然とばかりに笑みを浮かべた。

「何を驚く。この肉体はお前の分身、お前のホムンクルスだ。故にお前が所有しているスキルを使えて当然だろう？　そら、これだけではないぞ」

そう宣言したガルナザークの周囲に現れたのは無数の武具。

あれは『武具作製』のスキルか⁉

それを理解するよりも早く、ガルナザークの周囲に生まれた武具がオレとミーナを狙って飛来してくる。

「くうううううう⁉」

「ぐ、と、とんでもないスキルアルな……！」

飛来してくる武具を必死で打ち落とすオレとミーナ。だが、それによりオレ達は身動きできない状態となった。

どうやら奴はオレが持つスキルを全て使用できるようだ。しかも、その性能はオレを遥かに上回っている。

くそ、これは想像以上にマズイ！　どうすれば……

悩むオレをあざ笑うように、何やらガルナザークが意味深なセリフを告げる。

「くくく、そうやって自分達に向かう攻撃を凌ぐのは構わないが、あいにくと我もこの肉体を得てから所有したスキルを、まだ完全には扱えていなくてな。この武具作製による武器の射出も、手元が狂って〝あらぬ方向〟に行ってしまう」

ガルナザークはそう言うと、視線をオレ達から離れた場所へと向ける。

奴の視線を追うと、そこには先程の『国民投票』にてミーナを否定した孤児院の少年が、腰を抜かして座り込んでいた。そしてその少年に向けて、ガルナザークが生み出した無数の武器が飛んでいく。

「ひいぃッ!?」

恐怖のあまり目を閉じ、凍りつく少年。

マズイ！　あのままでは!?

思わず飛び出そうとしたオレを押しのけると、ミーナが少年のところへたどり着き、その体をかばうように抱き抱えた。

「ぐうッ！」

「……え？」

ミーナは、飛来した武器を全て背中で受け止めていた。

その体から赤い血がこぼれる。少年は何が起こったのかも分からず、ミーナを見つめた。

「大丈夫アルか？」

「あ、え……な、なんで……？」

ミーナからの問いに少年が呆けたような顔を見せる中、彼に怪我がないのを確認したミーナは全身に刺さった武器を抜き取る。

「ミーナ!?　大丈夫か!?」

「平気アル。この程度、かすり傷アル」

何でもないとオレに笑みを向けるミーナであったが、その体からはとめどなく血が流れており、とてもかすり傷とは思えなかった。

「人の心配をしている場合か？　この場における我の最優先の敵は貴様だぞ、ユウキ」

ミーナの体を気遣う暇もなく、両手を『龍鱗化』によって覆ったガルナザークがオレへと迫る。

オレも慌てて両手を龍鱗で覆い、ガルナザークの攻撃を迎え撃つが、パワースピード共に完全に上回られ、僅かな攻防の間にオレの体力は三割も削られた。

「どうしたユウキ？　まさかこの程度ではあるまい。一度は我を取り込んだ貴様だ、もう少し楽しませてもらわないとな」

「くうぅ……！」

楽しげに拳を振るうガルナザークに、オレは苦悶の声を返すしかできない。

一体どうすれば……！

逡巡するオレに対し、ガルナザークが渾身の一撃を放とうと拳を振り上げた瞬間、奴の動きが止まった。

「!?　こ、これは……！」

驚くガルナザーク。

見ると奴の脇腹に一本の細い糸が絡まっており、その糸はミーナの指先へと繋がっていた。

「これが私のスキル『傀儡《くぐつ》』アルよ。私の糸に触れた対象を、私の望むままに操ることが可能アル。とはいえ格上相手には、一時的に動きを制限するのが関の山アル。けれど、その一瞬の停止が時として勝敗を決するアル。ユウキ！」

「おう！」

ミーナの呼びかけに、オレはすかさず『龍鱗化』によって力を一点に集中させた拳をガルナザークの胸へと叩き込む。

「——がはッ！」

さすがにその一撃にはガルナザークもたまらず、口から血を吐きながら数十メートル先にある瓦《が》礫《れき》にぶつかる。

だが、すぐさま自らの体に黒炎を纏わせて脇腹に絡みついたミーナの糸を焼き払い、ゆっくりと空中に浮かび上がる。

「くくくっ、今のは効いたぞ。だが同じ手は二度は通じない。黒炎を身に纏った以上、お前の糸はもう私には届かないぞミーナ。さて、次はどうする？」

あくまでも自身の優位を疑うことなく、ガルナザークはオレやミーナを見下す。

確かにあの黒炎を身に纏った以上、ミーナの糸はもう奴には通じないだろう。

オレと奴の肉体能力の差も先程の打ち合いを見れば明らか。更にミーナは全身を負傷しており、二人がかりで挑んだところで太刀打ちできるとは到底思えない。

ならばどうする……？

くそ、さっきのようにあいつの体を鈍らせることができれば——と、そう思った瞬間、オレの中にある閃きがよぎる。

「ミーナ、一つ作戦がある。力を貸してもらえないか」

「え？」

オレはすぐさまミーナの元へ移動すると、思いついた作戦を彼女に告げる。

しかしそれを聞いた瞬間、ミーナは慌てた声を上げる。

「なっ!?　正気アルか!?　無茶アル！　そんなことをすればお前の体が——」

「だが、それしか方法がない。あいつの身体能力はオレやお前を超えている。それにあいつはオレが持つ全てのスキルを使えるんだ。正攻法では勝てない」

オレの説得に考え込むミーナ。

やがてオレの意思に押されたのか、彼女はゆっくりと頷く。

「……分かったアル。なら、お前の底力を信じるアル」

「ああ、任せておけ」

「話し合いは終わったか？」

オレとミーナの会話が終わると、それを見計らったようにガルナザークの周囲に無数の魑魅魍《ちみもう》魎《りょう》が現れる。

あれは魔王スキルの一つ『デスタッチ』！

自分のレベルより遥かに劣る相手があの亡者に触れれば、たちまちその仲間入りをするという恐ろしいスキルだ。

「余興はこれまでだ。お前の肉体とはいえ、我もようやく自由を得たのだからな。これからは我の思うまま好きに行動させてもらうぞ」

そうして、奴の周囲に浮かんだ魑魅魍魎が地上へと降りかかる。

狙いはオレやミーナだけでなく、この街に存在する全ての人間達だ。

その証拠に亡者の数は十や百などではなく、千にも上る数がガルナザークの手のひらより次々と生まれる。

「う、うわああああああ!!」

「もうダメだー！　おしまいだー！」

降り注ぐ魑魅魍魎を前に住民達は一斉に叫び声を上げ、目を閉じる。だが――

「はあああああああッ!!」

瞬間、オレの手から生み出された聖剣エーヴァンテインが光を纏い、一閃すると、地上へと襲いかかろうとしていた魑魅魍魎を全て消し飛ばす。

その威力にはさすがのガルナザークも瞠目する。

「ほお、今のを一撃で消し飛ばすか。どうやら思った以上に力を残していたようだな。だが、いいのか？　そのような力を出せば後が続か――」

そう言って余裕の表情を浮かべるガルナザーク。

だが、その瞬間にオレはスキル『空中浮遊』を使い、奴の背後へと移動していた。

「!?　なんだとッ!?」

自らの知覚、反応速度を遥かに超えるオレの動きに、慌てて後ろを振り返るガルナザーク。

だが、遅い。

「だらあああッ!!」

オレは渾身の気合いと共に奴の体に聖剣のひと太刀を浴びせた。

それは全身を龍鱗化によって固めたガルナザークを切り裂き、その身に確かにダメージを与える。

「ぐうううううッ!?」

胸から血を流し、後ろに下がるガルナザーク。その顔には明らかな戸惑いの表情が浮かんでいた。

「どういうことだ……この我の肉体は、貴様のレベルを超えた体として創生されたはず。なぜその我を貴様が超えている!?」

「簡単なことだよ。第三者からのバックアップで、足りない分の力を補ってるんだよ」

「なに？」

そこで奴はオレの体に繋がっている一本の糸に気づく。

「貴様、まさか⁉」

「そういうことだ。ミーナのスキル『傀儡』の能力によってオレは〝限界を超えた力〟を引き出してるんだよ」

「そういうことアル」

現状のオレとミーナでは、奴の戦闘能力には遠く及ばない。

ならば、ミーナのスキルでオレの肉体を操作させ、限界《レベル》を超える力を引き出させる。

糸が触れた相手の体を自由に操作できるという説明に偽りはなく、その肉体に眠る潜在能力、あるいは限界以上の力すら引き出すことが可能のようだ。

無論、それによってオレの体にかかる負荷も並大抵ではない。

すでに先程のひと振りでオレの右腕の神経がいくつかイカれており、体のあちらこちらから血も噴き出ている。

それにガルナザークも気づいたのか、その顔に薄い笑みを浮かべる。

「なるほど。大した作戦……いや、覚悟というべきか。確かにそれならば我とも互角に戦えるな。だが、長期戦となれば否応なくこちらに形勢が傾く。所詮は悪あがきというものだぞ、ユウキよ」

「そいつはどうかな。オレの肉体の限界が来るより先にお前を倒せばいいだけの話だろう！」

ガルナザークの挑発に答えるように、オレは再び限界を超えた速度でガルナザークに迫る。

奴も聖剣エーヴァンテインを生み出し、迎撃を行う。

一秒間に数百を超える斬撃の応酬。

一見互角にも思えた打ち合いであったが、限界を超えたオレの速度が徐々にガルナザークを上回る。

剣戟の合間に、奴からも焦りの感情が伝わる。だが――

「く……くくく、さすがだな、ユウキよ。だが、忘れるな。我はお前のホムンクルスであると同時に、魔王ガルナザークであるぞ。貴様では決して扱えぬ魔王の魔術を見せてやろう」

「まさか!?」

同時にガルナザークの周囲に生まれる黒炎――いや、純然なる黒とは異なる、この世に存在するありとあらゆる色を混ぜ合わせたような混沌の炎。

「そう、闇魔法最強の呪文カオスフレアだ！　貴様では扱えぬ究極の魔法、正真正銘『魔王』にのみ許された混沌の炎よ！」

ガルナザークを中心に荒ぶる混沌の炎は、紛れもなく大和を滅殺せしめたあの獄炎。

その熱量はシャドウフレアを軽く凌駕する。

まずい！　いくら身体能力において奴を上回っても、あの魔法を喰らえばひとたまりもない！

焦るオレに、魔法を完成させたガルナザークが高らかに吠える。

「さあ、この一撃をどう凌ぐか、貴様の限界を見せてもらおうか！　ユウキよ！」

そうしてガルナザークの手より放たれた巨大な炎の塊を前に、オレの思考は一瞬停止する。

これを斬撃で凌ぐのは不可能。ならば、オレも同じ魔法で対抗するしかない。だが――！

「くっ、シャドウフレアああああああああああああッ!!」

オレは両手より漆黒の炎を生み出し、ガルナザークの放ったカオスフレアに対抗する。

だが、火力は明らかにオレが劣っていた。それもそのはず、カオスフレアは闇魔法最強の呪文であり、シャドウフレアの完全上位。

いくら限界突破した今のオレが放つシャドウフレアとは言え、カオスフレアにはまるで及ばない。

「ふはははは！　無駄だ！　このカオスフレアを撃つには最低レベル２００以上と『魔王』の称号が必要だ。だが、今お前の中に『魔王』の称号はない。お前がこのホムンクルスを生み出した際に、お前の中にあった『魔王』の称号は我が奪い取ったのだからな！」

哄笑するガルナザーク。

確かに奴の言うとおり、オレの中にあった『魔王』の称号は奴へと移動した。いや、そもそもオレの中にあった魔王の称号はガルナザークが持っていたものであり、ガルナザークがあのホムンクルスの体で実体化した以上、その称号もあちらに移動するのは当然であった。

オレの放ったシャドウフレアは、ドンドン押されていく。

このままでは街ごとオレ達全員が消滅する。どうすれば……！　その時、奥歯を噛み締めて焦るオレの耳に、地上から声が届く。

「シャドウフレア！」

「スキル『炎熱操作』！」

突如、オレの後方より飛来する炎。

それはオレが放っていたシャドウフレアと合わさり、カオスフレアの勢いを止める。

慌てて顔を地上に向けると、そこには炎を放つソフィアと裕次郎の姿があった。

「ユウキさん！　オレ達も一緒にいるっす！　ユウキさん一人じゃ勝てなくても、オレ達がユウキさんを支えるっす！」

「そういうことよ、お兄ちゃん！　前にアタシを助けてくれたお礼ってわけじゃないけれど、ミーナ様のためにもアタシもお兄ちゃんの力になる！　そんな奴になんか負けないいんだから！」

「裕次郎、ソフィア……」

二人の支えにより、オレは全身に力が巡るのを感じ、目の前のガルナザークを見据える。

「うおおおおおおおおおおおおおおおおお!!」

「ぬっ……！」

咆哮と共に徐々にカオスフレアを押し返すオレ。

それに対し僅かに眉をひそめるガルナザーク。

そしてその光景に、それまでただ震え、戸惑っていた街の人達にも変化が起きる。

「……ゆ、勇者様……」

「勇者様達がオレ達のために頑張って……」

「が、頑張れー！　勇者様ー！」

「そ、そうだー！　負けるなユウキ様ー！」

「そっちの金髪の兄ちゃんと魔人の嬢ちゃんも頑張ってくれー！」

「そんな奴になんか負けるなー！」

「オレ達の街を救ってくれー！」

徐々に声援を口にする街の人達。

その熱意にあてられてか、どんどん声援は広まっていく。

「行けー！　負けるなー！　勇者様達ー‼」

「魔人も何も関係ねぇ！　この街を救えるのはアンタ達だけなんだー‼」

「ミーナさん！　頑張ってくれー！」

声援に支えられるように、オレの全身に力が漲るのが感じられる。

いや、そうではない。これはオレに糸を通す〝ミーナの力が引き上がっている〟んだ。

街の人達の声援、意思、想い、助け、懇願。

それに応えるようにミーナは〝自分自身の限界を超えて〟オレの力を引き上げている！

「魔人のお姉ちゃん、頑張れー‼」

「負けないでー‼」

「私達を助けてー！　ミーナお姉ちゃん!!」

見ると、そこにはあの孤児院の子供達の姿もあった。

彼らは地上でオレに力を注いでいるミーナの傍に集まり、必死に声を張り上げて応援していた。

すでにミーナも限界を超える力をオレに注いでいるはず。にもかかわらず、彼女は子供達の声援に応えるように、その顔に笑みを浮かべて頷く。

「任せるアル。私が必ず助けてやるアル！」

それはまさに物語に登場するヒーローのように、ミーナは子供達を守り抜くと宣言する。

そして、彼女の視線の先にはミーナを否定していたあの孤児の少年もいた。

少年は上空にて黒炎を放つ魔王ガルナザークに怯え、腰を抜かしたまま座り込んでいた。

だが、ミーナはそんな少年を守るようにあえて彼の前に立ち、彼を守るように両手を高く掲げる。

「あっ……」

そんなミーナの行動に、少年はやがて目に涙を浮かべ、静かに顔を俯かせた。

「……す……けて……」

ボソリと少年は呟く。戦場の轟音によってかき消されるような一言。

誰もがその呟きに気づかなかった中、ミーナはそれに応えた。

「任せるアル。私は助けを懇願する者を決して見捨てないアル。それが私の知る『理想《ゆうしゃ》』の生き方アル！」

「――！」

ミーナの答えに驚いたように顔を上げる少年。

そして、そのミーナの想いは、糸を通してオレにも伝わっていた。

「ああ、分かっているぜミーナ。助けを求める弱き人々の願いに応える者。人はそれを――『勇者』って呼ぶんだよなあッ！」

ミーナの理想《おもい》に応えるように、オレは渾身の力を込めて魔法を解き放つ。

瞬間、オレが放っていたシャドウフレアが勢いを増し、その色が漆黒から――純白へと変化する。

「！　な、なんだこれは!?」

「ガルナザーク。お前も一つ忘れているぜ。オレが手にした称号は『魔王』だけじゃない。そうさ、魔王を倒すのはいつだって――『勇者』の称号を持つ奴だぜ！」

そう、『魔王』の称号を有した者のみが使えるカオスフレアがあるように、オレの中にも『勇者』の称号を有した者のみが使える最後の切り札があった。

希望を力に、祈りを力に変える勇者の切り札。その名を――

「『勇者の一撃いいいいいいいいいいいいいいいいいいい』!!」

スキル：勇者の一撃（ランク：A）
効果：絶体絶命の窮地に限り、『勇者』の称号を持つ者のみが使用可能なスキル。

人々の祈りや希望を力に変え、全能力値をブーストする。

『魔王』に対する特攻効果を持つ。

叫びと共にオレが放った白く光り輝く炎は、ガルナザークが放った混沌の炎を消し飛ばす。

「ば、バカなッ!?」

魔王の最強魔術を呑み込んだ勢いのまま、オレの放ったシャドウフレア——いや、人々の願いが乗った純白の炎・ホーリーフレアは、ガルナザークをも呑み込む。

「うおおおおおおおおおおおおおおおおおッ!!」

『勇者の一撃』によって、カオスフレアを超える熱量となった純白の炎に呑み込まれ、絶叫を上げるガルナザーク。

天空を揺るがすほどの爆発が起こり、この一帯に存在した雲は全て消し飛ぶ。

やがて空を覆った爆炎が消えると、そこには全身焼けただれた姿のガルナザークがいた。

「く、くくくっ……」

奴は眼下のオレ達を見下ろすと、その顔にいつもの凶相を浮かべる。

裕次郎やソフィア達はすぐさま戦闘の構えを取るが、オレはその必要はないと二人を制した。

それが正しいと証明するように、ガルナザークの体は徐々に光の粒子となって消えていく。

「くくく、見事だ。ユウキ、それにミーナよ……まさか同じ相手に二度負けるとはな。これは我の

完敗と言うべきか……」

「そいつはどうも」

力なく笑うガルナザークであったが、その表情はまんざらでもない様子であった。

消えゆく自身の体を見つめた後、ガルナザークは視線をミーナへと移す。

「まったく、我が娘ながら難儀《なんぎ》な性格だ。人に憧れる魔人などお前だけであろう。分かっているとは思うが、お前のその理想は理想に過ぎない。お前が思い描く理想を現実にするのは極めて困難であるぞ」

「………」

父、ガルナザークからの言葉にミーナは顔を背けない。

むしろそれを受け止めるように顔を上げ、自らの父へハッキリと告げる。

「分かっているアル。けれども、私は自分の理想を貫くアル。今でなくても、いつか人々に認められる魔人になるアル。そして、魔国と人間の国が分かり合える……そんな世界を築きたい。簡単な道のりではないアル。それでもそれに向かって努力する。私はそうした理想へ向かう努力を人間達から学んだアル」

「……そうか」

ミーナの決意を受け取り、笑みを漏らすガルナザーク。

そこには嘲笑《ちょうしょう》や冷笑とは異なる感情が込められているように、オレには感じられた。

「まあ、精々己の理想を追うが良い……もし、それが叶うのならばお前は……魔国の歴史を塗りつぶす王となろう……」

そんな一言を最後にガルナザークの体は消滅し、その魂は再びオレの中へと帰還した。

「や、やった……？　か、勝った……勝ったのか⁉」

「うおおおおお！　やったぞー！　勇者様があの魔王を倒してくれたぞー‼」

「いや、違う！　勇者様だけじゃない！　魔人ミーナ様、それに彼ら全員のおかげだ！」

おおおおおお！　と、それまで静まり返っていた街の人達全員が歓喜の叫びを上げる。

オレやミーナ、裕次郎、ソフィアへと代わる代わるお礼を告げ、握手を求め賛辞を送ってくる。

「ユウキ殿、それにミーナ殿。この街をお救いくださり、ありがとうございます」

この街の領主ランスさんまでもオレ達の前へと現れ、頭を下げていた。

「あ、いえ、お気になさらず。それに元はといえばあれはオレの不始末が生んだものですから……」

「いえ、たとえそうであったとしても、皆様が命を賭してこの街や我々を助けてくれた事実に変わりはありません。この街の領主として深くお礼を申し上げます」

そう言って律儀《りちぎ》に頭を下げるランスさん。

続いて、ランスさんは視線をミーナへと向ける。

「ミーナ殿。改めて、この街と……いえ、このレスタレス連合国とお付き合いいただけないでしょうか」

「え？」

突然の申し出に困惑した表情を浮かべるミーナ。

先程の『国民投票』でのゴタゴタを思い出したのか、その顔はどこか遠慮がちであった。

「そ、そう言ってもらえるのは嬉しいアルけれど……私はまだこの国に認められたわけでは……」

「何をおっしゃいますか。すでに我々とミーナ殿は一心同体のような関係ではないですか」

「え？」

突然の領主の発言にポカンとするミーナ。

そんな彼女に、ランスさんはイタズラっぽい笑みを浮かべて言う。

「失礼ながら、ミーナ殿が熱中されていたあの英雄譚――正確にはグレオリ英雄譚というのですがね。いや、実は私もあの物語の大ファンなのですよ。幼い頃、私もミーナ殿のように夢中になったものです。いつか自分もこの英雄譚に出てくる勇者のようになる、というのが口癖でした」

「なっ⁉」

領主の突然のぶっちゃけ話に顔を赤くするミーナ。

それを聞いて、周囲にいた街の人達も次々とその話題を口にする。

「あははは！　確かに私もミーナ殿と同じような経験がありましたわー！」

「いやいや、私なんてあれに憧れて兵士を志願して、今まさに兵士やってますから」

「お前、勇者と兵士じゃ身分が違いすぎるだろう？」

「やーね、男達ったら。ミーナちゃんは勇者になりたいというよりも、勇者グレオリのような人の傍にいたいと思っているのよ。何を隠そう私の初恋もあの英雄譚の勇者様で、ミーナちゃんの淡い記憶を見ていたら忘れていた青春時代を思い出し……」

「わーー！　わーー！　や、やめるアルー！　人の黒歴史を皆で談笑するなアルー！」

皆がミーナの記憶を肴《さかな》に笑い合う。

そうだ。彼らにはミーナの日記による記憶や感情が、オレの『アイテム使用』によって届いているのだ。

いや、オレが『アイテム使用』した範囲はこの街だけに留まらない。このレスタレス連合国の全てに、オレはミーナの日記を『アイテム使用』した。

それはつまり、この国にいる一人ひとりが今やミーナのことを深く理解しているということだ。

「ははは、あれだけ人間が好きな気持ちを我々に伝えておいて、黒歴史も何もないでしょう」

「しかし、魔人への印象が少し……いや、かなり変わりましたな。ミーナ殿が特殊なのでしょうが、物語に書かれたことを鵜呑《うの》みにして自分の国の在り方にそのまま反映させるとは」

「いやいや、実際、物語のような国があれば理想的なのではと私もたまに思ったぞ」

「それは確かに。ミーナ殿の国と比べれば、あのオルスタッド王国などは出来の悪い国に思えますわ」

「しかし、記憶の中で転がり回るミーナ殿は実に愛らしかったな。あのような姿を見れば、とても魔人が我々の脅威とは思えませんわ」

わはははと笑い合う街の人達。

当のミーナは、誰にも知られたくなかった自分の過去が全国民に余さずバレたことに、恥ずかしさやら怒りやら色んな感情がごちゃまぜの状態で固まっていた。

そんなミーナの傍に孤児院の子供達が集まり、彼女の服や腕を引っ張る。

「お姉ちゃんー！　私達もあのお話大好きだよー！」

「今度一緒に朗読会しようよー！」

「あ、あう、あううう……」

子供ゆえの無邪気さか、悪気は全くなくミーナを誘う子供達。

そんな彼らを見つめ、笑い合う街の人達。

「あ、あの……」

そんな折、ミーナの元へ近づく一人の少年。

それは『国民投票』の際、ミーナを真っ向から否定したあの少年。彼は気まずそうにミーナに近づくと、そのまま頭を下げる。

「あの、ご、ごめんなさい！　それと……助けてくれて、ありがとうございます」

そう言って頭を下げたままの少年をしばし見つめるミーナであったが、やがて笑みを浮かべると、その頭を優しく撫でる。

「気にする必要はないアル。それよりも怪我がなくてよかったアル」

ミーナの一言に少年は驚いたように顔を上げ、それからその顔に笑みを浮かべる。

「ミーナ殿」

そんな子供達とのやり取りを見つめていた領主のランスさんが、改めてミーナの前に立つ。

「我々はすでにあなたを認めております。それは先程のあなたの過去や我々のために戦ってくれたこと以上に、〝この国に来てからあなたが行ってくれたことの記憶〟が物語っています。あなたは何よりも我々と打ち解けようと行動してくれた。その想いに応えないのは、あなたの〝理想とする人間への想い〟を侮辱することにほかならない」

そう言って領主は右手をミーナへと差し出す。

「魔人ミーナ殿。改めて、我らレスタレス連合国と共に歩んでもらえないだろうか」

その一言に一瞬、戸惑うような様子を見せるミーナであったが、すぐさま頷いて領主の手を握り返す。

「こちらこそ、魔国との懸け橋のためにお前達の力を貸してほしいアル」

「願ってもないことです」

領主とミーナの固い握手を目にして、街の人達は再び歓声を上げる。

その瞬間であった。

【『天命』の達成を確認いたしました。魔人ミーナを『魔王』へと進化させます】


どこからともなく聞こえた声。

それと同時にミーナの体が眩《まばゆ》く光り始める。

「なっ!? こ、これは!?」

「ミーナ様!?」

慌てるソフィア。だが、すぐにその光は収まった。

一見すると、ミーナの体に何か変化が起きた様子はない。

だが、オレとソフィアにはすぐに分かった。ミーナの内から溢れ出る魔力、そして僅かに感じられる『王』の威厳と威圧。

これは紛れもなく、『魔王』の称号を持つ者の気配。すなわち――

「ミーナ様、『天命』を……!」

「――ああ、どうやらそうみたいアル」

自らの内より溢れる力を確認すると、ミーナはオレの前へと来て、その手を差し伸べる。

「感謝するアル、『勇者』ユウキ。お前のおかげで私は『天命』を達成できたアル」

「ああ、こちらこそ。『魔王』への進化、おめでとう、ミーナ」

晴れ晴れとした笑みを浮かべるミーナを前に、オレは差し出されたその手を握り返すのだった。

【現在ユウキが取得しているスキル】
『金貨投げ』『鉱物化（龍鱗化）』『魔法吸収』『空間転移』『ドラゴンブレス』『勇者の一撃』
『ホーリーウェポン』『魔王の威圧』『デスタッチ』『武具作製』『薬草作成』『毒物耐性』
『呪い耐性』『空中浮遊』『邪眼』『アイテムボックス』『炎魔法ＬＶ３』『水魔法ＬＶ３』
『風魔法ＬＶ３』『土魔法ＬＶ３』『光魔法ＬＶ10』『闇魔法ＬＶ10』『万能錬金術』『植物生成』
『炎熱操作』『氷雪操作』『ミーナの記憶』

第六使用▽魔国最終決戦

暗き深淵《しんえん》。奈落よりも深きその穴の底に一人の王がいた。

王の名はベルクール。魔国に存在するアゼル領を支配する第一位の魔人であり、最も魔王に近い魔人と呼ばれし者。

今、その者の中には一つの不安があった。

それはこれから迫るイゼル領・ウルド領との全面戦争に対する恐怖ではない。

むしろ、問題は〝その先〟、未来における不安であった。

「どうや、リア?」

暗闇の玉座で、ベルクールは闇に紛れた一人の魔女に声をかける。

「あー、やっぱし無理っぽいねー。ってか何度やっても結果は変わらなかったみたいなー」

その魔女——黒いローブと帽子を身に纏ったリアは、魔女族でありながら、この魔国において第五位の魔人の称号を持つ人物。

そしてイストの実の妹でもある彼女は、軽快な口調とは裏腹に鬱屈した様子を見せていた。

「それはワイ以外の者がこの魔国を統治しても同じということか？」

「うん。つーか、誰がこの魔国を統治しても、この先の未来は変わらないっしょー。イゼルのミーナ、ウルドのリリム、それから例のあのユウキって奴が統治した場合でも『視た』けれど、結果はどれも同じだったーみたいなー」

「さよか」

リアからの返答を聞き、ベルクールはその顔に自虐的な笑みを浮かべる。

もし仮に、ここに他の者がいれば、その表情を見て驚いたことだろう。

なぜなら今、この魔国において最も力を持つはずの魔人が、まるで戦いを諦めたかのような諦観した顔をしていたのだから。

「……もうこうなったら腹をくくるしかないわなぁ」

「マジ？　ベルクール様、もしかして例のアレをやる気？」

ふとしたベルクールの呟きに、リアは驚いた顔を向ける。

「ああ、もうそれしか道はない。たとえ、この国を捨てることになろうとも、それで魔国を存続できるのなら、他に方法はないやろう」

「…………」

ベルクールの答えに、リアはしばし考え込む様子を見せるが、やがてどこか諦めたように肩をすくめる。

「まあ、それしかないっぽいねー」

「お前にはすまないな、リア。本来お前は魔国の住民やあらへん。『捜し物』のためにワイに協力していたんやろうけど」

「ああ、それなら気にしなくていいしー。どのみち、その『捜し物』の方から来るみたいだしー、というか後のことはイスト姉様に任せるーみたいなー」

「さよか。お前は姉を信頼しているんやな」

リアの返答にまんざらでもない笑みを浮かべるベルクール。

だが、次の瞬間、その顔には魔人特有の冷酷な、一切の躊躇《ちゅうちょ》なき残虐な表情が現れる。

「それじゃあ、魔人リア。我らアゼル領――いや、この『魔国』のため。その命、礎としてもらうぞ」

「……おけまるー。あとは任せたーみたいなー」

その了承と共に、ベルクールより放たれた手刀がリアの胸を貫いた。

◇　◇　◇

「それにしても、ミーナがあんなに英雄譚が好きだったなんて意外だよ。というかオレのことも結構気になってたの？」

「う、うるさいアル！　それよりユウキ！　お前、勝手に人の日記を覗いて、しかもそれを国中にバラすとか、私のプライバシーをなんだと思っているアルか!?」

「そ、それは悪かったって……そもそも、あれはソフィアが鍵をくれてだな……」

「ちょ！　お兄ちゃん！　それは言わない約束ー！」

「ソフィアー！　お前という奴は勝手に私の日記を盗み見していたなー!!」

「ご、ごめんなさいー！　ミーナ様！　だって、日記のミーナ様があまりに可愛くて……いたたた！　頭はやめて！　やめてくださいミーナ様ー！」

あれからオレ達は、破壊されたグルテルの街の復興を手伝っていた。

幸いというべきか、街への被害はそこそこあったものの、死傷者はほとんどいなかった。

そのため、オレの『武具作製』のスキルを応用して破壊された建物の修復を手伝い、何人かの軽傷者の治療をすることで、あらかたは元通りになった。

あのガルナザークが暴れたにしては奇跡的なほど最小限の被害であったのだが……

「まあ、とにかく、私達の目的も果たしたし、そろそろ魔国に戻るアルよ」

「だな。リリム達もいい加減待ちくたびれているだろうし」

そう言ってオレ達が魔国へ戻る決意をした時、東の空よりこちらに迫る何かが目に入った。

なんだろうか？　一瞬鳥かとも思ったが違った。

近づくにつれ、それが鳥などよりも遥かに巨大な生物であると分かり、目視で確認できる距離になると、その正体が判明する。

「ド、ドラゴン！　ドラゴンが近づいてくるぞー！」

「な、なんだあれは⁉」

「黒竜だ！　黒竜がこの街に近づいているぞー！」

街の人々が騒ぐとおり、それは黒竜であった。

だが、オレはその黒竜に見覚えがあった。なぜならそれは、オレの眷属であるブラックであった。

「ブラックか⁉」

オレが名前を呼ぶと、黒竜ブラックは街に降り立ち、そのまいつもの少年の姿へと変化する。

「……あ、主様、ようやく見つけました……」

「ブラック！　お前、その傷はどうしたんだ⁉」

見るとブラックの全身は傷だらけであった。

息も絶え絶えな様子に驚くオレ達であったが、それに構うことなくブラックは告げる。

「主様。今すぐ魔国に——イゼル領にお戻りください！」

「イゼル？　どういうことだ？」

困惑するオレ達をよそに、ブラックはとんでもない事実を告げる。

「アゼルが……アゼルの魔人ベルクールがイゼルに侵攻してきたのです！」

「なっ⁉」

思わぬブラックの一言にオレ達は驚愕する。

そうして、魔国を巡る大戦は最終局面を迎えようとしていた。

◇　◇　◇

「これは⁉」

ブラックからの緊急の報告の直後、オレはミーナ達を連れてすぐさま『空間転移』でイゼル領へと移動した。

だが、そこで見たものは目を疑うような光景。

万里の長城を思わせる、遥か地平線を埋め尽くすようなあの巨大な城が完膚《かんぷ》なきまでに破壊され、残骸と化していた。

地面のあちらこちらには破壊された城の一部が瓦礫となって積み重なり、そこに暮らしていた多くの魔物達が物言わぬ骸《むくろ》として転がっていた。

「……ッ」

「一体何が……」

「ひどい……」

裕次郎とソフィアは目の前の光景に顔を歪め、ミーナもまた悲痛な表情を浮かべながら、その瞳の奥に怒りの炎を燃え上がらせていた。

悲観に包まれるオレ達に、倒れた魔物達の内の一人から声がかけられた。

「……ミーナ様？　ご無事で戻られたのですか……」

「！　まだ息がある者がいたアルか!?」

声をかけてきたその女性の魔物に、慌ててミーナとソフィアが駆け寄る。

全身にひどい傷を負っていたが、彼女は自分の傷に構うことなくミーナ達へ告げる。

「私のことは……どうかお気になさらず……それよりも、早く中央の玉座の間に……リリム様がミーナ様が戻るまで時間稼ぎをすると言って……うっ」

「おい、しっかりするアル！」

必死にそう告げると、女性はそのまま気を失う。

それを見計らったかのように、奥に見える建物――玉座の間がある建物の一画から爆発音が響く。

彼女の言うことが正しければ、そこにはリリムとベルクールがいるはず。

オレは女性の手を握るミーナの肩に手を置く。ミーナも今自分がするべきことを理解しているのか、すぐに迷いない表情に切り替わり、隣にいたソフィアに告げる。

「ソフィア。お前はここにいる魔物達の救助を頼むアル。まだ他にも息のある者はいるはずアル。助けられる者は可能な限り助けるアル」

「分かりました。ミーナ様」

「裕次郎、お前もソフィアを手伝ってくれ。それからブラック、今は二人の傍でゆっくり休め」

「了解っす！　ユウキ様」

「主様……分かりました……」

オレの命令に裕次郎は即座に頷き、ブラックは一瞬躊躇《ためら》う様子を見せるが、すぐに今の自分では足手まといになると理解して頷く。

オレはそのままミーナと共に奥の巨大な建物へと向かう。

建物はすでに半壊状態であり、オレとミーナは建物に穿たれた穴を通り、最上階にある玉座の間へとたどり着く。

そこで見たのは、倒れた無数の魔物達。その魔物達の屍《しかばね》をまるで絨毯《じゅうたん》のように踏みしめる一人の魔人。

そして、その魔人と対峙するボロボロのリリムとイストであった。

「リリム！　イスト！」

「ユウキ？　戻ったのか……まったく、お主という奴は待たせすぎじゃ……」

「にゃははー、ようやくお姉様とお父様が帰ってきたのだー。あと少し遅ければ私も地面の染みになっていたのだー」

オレとミーナの姿を確認すると、緊張の糸が解けたようにリリムとイストが地面に座り込む。

オレとミーナはそんな二人をかばうように立ち、見知った顔の男と対峙する。

「ようやく戻ったか。待ちわびたで、ミーナ」

その男――かつてない魔の気配を纏う魔人ベルクールは、オレとミーナを前に余裕の笑みを浮かべる。

「ほお、ミーナ。お前のその気配、どうやら『魔王』の称号を得たようやな。いやぁ、驚いたわぁ。この短期間に魔王に昇格するとは。さしずめ『天命』を果たしたってとこかいな？　ようやるわなぁ。『天命』を果たして魔王に進化した者は歴史上でも数えるほどやろうに」

「それはどうも、お褒めのお言葉ありがとうアル。けれど、それはこっちのセリフアル。ベルクール兄上、あなたこそ一体どうやって『魔王』に進化したアルか？」

ミーナからの返答に対し、ベルクールはその顔に薄い笑みを浮かべる。

そうなのだ。対峙してオレにもすぐに伝わった。

目の前の男、ベルクールから感じる気配。これは紛れもない『魔王』のそれだ。

かつて魔王の称号を持ったガルナザークや、今や魔王の称号を持つミーナと同じ、いやそれ以上の力がベルクールからは感じられた。

それは称号が持つ力以上に、ベルクールという男そのものが持つ強さの次元が、以前会った時とはまるで桁が違っていた。

どういうことだ？　いくら『魔王』の称号を得たからって、これほどの強さはあまりに異常。

事実、今オレの隣にいる魔王の称号を持つミーナですら、ベルクールに対して冷や汗を流し、確かな恐れを感じていた。

　それをあざ笑うようにベルクールは指を三つ立てて、ミーナへと問いかける。

「『魔王』に進化する方法は大きく分けて三つ存在する。それは知ってるな？　ミーナ」

「当然アル。一つは『天命』を果たすこと。もう一つは魔国を統治する。そして最後が、ある一定レベルを超えること」

「その通り。歴代のほとんどの場合が、魔国を統治することで『魔王』へと進化してきた。お前のように『天命』を果たして『魔王』に進化した者もおったそうやが、我々魔国に生まれた者の最終的な目標は魔国の統治。それをすることで魔王になれるんやから、この方法が一番効率的やろう」

　それで、とミーナは先を促す。

　それに肩をすくめながらベルクールは続ける。

「なあに、ワイが採った方法は至極簡単や。現状ワイは魔国を統べとらん。けれど『天命』も果たしとらん。なら、残るは最後の方法しかあらへんやろ」

　そうしてベルクールはこともなげに言った。

「今のワイのレベルは『３２１』。つまり、ワイは実力《レベル》だけで『魔王』の称号に到達したんや」

「なっ⁉」

「レベル……３２１ッ⁉」

　その答えに、この場にいた全員が息を呑んだ。

バカな！　確かに以前会った際、ベルクールからは強者の気配を感じた。

だが、それはあくまでミーナやリリムよりやや上という程度の気配であった。レベル３２１ともなれば、彼女達と１００以上の差があることになる。

ありえない。この短期間にそこまでレベルを上げられるはずが……

オレがそう思っていると、何かに気づいたようにミーナが叫んだ。

「兄上、まさか!?」

「そのまさかや。ワイのスキルを使用した」

ベルクールのスキル？　どういうことだ？　困惑するオレに、ベルクールは余裕に満ちた表情で告げる。

「ワイのスキルは『吸収』。ワイがこの手にかけた相手のレベルやスキルを取り込む能力や」

レベルやスキルを取り込む……？　未だに理解できないオレに、ベルクールはとんでもない事実を答えた。

「ワイが統べるアゼル領。そこに存在した〝全ての魔物達〟を喰らい、ワイは『魔王』へと進化したんや」

「なッ!?」

「まさかッ!?」

ベルクールの答えに全員が驚愕の声を上げる。

信じられない。自分の国を……自分を信じて付き従った魔物や配下、その全てを喰らったというのか⁉

無茶苦茶だ。国を統べるために国を滅ぼしたのでは意味がない。

だが、目の前の男はそのことに一切の後悔を見せていなかった。

「ま、待て！　なら、お主と共にいた第五位の魔人リアは……！　儂の妹はどうなった⁉」

「……リアか。奴なら真っ先に〝喰らった〟わ」

イストの悲痛な叫びにベルクールは冷めた声で答え、イストは彼女らしくない呆然とした表情のまま固まった。

こいつ、魔王に進化するために自分の副官まで……ッ！

ベルクールの手段を選ばぬ残虐な行為に怒りを覚える一方、ミーナは氷のように静かに殺意を研ぎ澄ましていく。

「……ベルクール兄上。一つ聞きたいアル。仮に、兄上がこのまま私やリリムを殺し、この魔国を統一した際はどうするアルか？」

「どうする？　ふぅむ、そうやなぁ……」

ミーナからの問いにベルクールはわざとらしく考える素振りを見せ、次の瞬間、あっけらかんと答える。

「まあ、その時はこの魔国にいる全ての魔物をワイが吸収して、ワイ一人が最強の魔王となって無人となった魔国を支配していこうか。はははは っ」

「そうアルか……誰一人いない孤独の国、それはもはや『国』ではないアル。兄上──いや、ベルクール」

瞬間、ミーナからこれまでに感じたことのない『怒り』の感情が立ち上り、この場の空気を震わせる。

「己が統べるべき国すら捨てた貴様に、もはや魔王の資格はないアル!!」

「……分かってへんなぁ、ミーナ。国とか人とか王とか……そんなものよりも〝生き残ること〟にこそ意味があるんやろうがああああああッ!!」

互いの咆哮と共に『魔王』の称号を持つ二人が激突する。

その速度は、オレの目をもってしてもようやく捉えられるほどのものであり、他の者達からすればまさに目に見えぬ衝突。

二人の拳がぶつかる毎に周囲の壁や地面が消し飛び、その余波だけで周りの者は吹き飛ばされる。

これはとてつもない！　これではいくらリリムのような『読心』のスキルがあっても、ベルクールの動きについていくことなど不可能であろう！

一方、そんなベルクールとなんとか競い合うミーナであったが、その差は明らかだ。

「どうした？　ミーナ。ワイはまだ実力の半分しか出してへんで。これに追いつけないようやと遊び相手としても不十分やな」

「ぐううううううッ！」

繰り出される無数の拳打。

それをなんとかガードしているミーナであるが、地力の差があまりにかけ離れている。

同じ『魔王』の称号を持つ者とはいえ、レベル３００を超えているベルクールが相手ではミーナに勝ち目はない。

ならばせめてオレが、と聖剣を手に駆け出そうとした瞬間。

「やめときな。お前では相手にならへんで」

「⁉」

オレの行動を予測したのか、ミーナと打ち合っている最中のベルクールがこちらに視線を向けることなく告げる。

「だとしても、お前の気を逸らすくらいはできるだろう！」

そう言ってオレは全力の疾走をもってベルクールの背後に回り、渾身のひと太刀を振るう。だが――

「だから無駄やと言ったやろう！」

まるでそこに攻撃が来ると分かっていたかのように、ベルクールの裏拳がオレの聖剣をあっさり砕く。

それだけではなく、即座に体をひねると同時に蹴りの一撃を浴びせ、それを受けたオレは地面に転がり吐血する。

「がはッ！」

なんていう威力だ……以前に似たような一撃をリリムから受けたことがあるが、あれとはまるで比べ物にならない。

オレの視界の端に映し出されたＨＰゲージを見ると、六割も消失していた。

「もはやお前のような雑魚が割って入れる状況じゃないねん」

「だからと言って……このまま諦められるわけがないだろう……！」

ベルクールの挑発に、オレが血反吐《ちへど》を吐きながらスキル『武具作製』を展開しようとした瞬間――

「次は『武具作製』による無数のエーヴァンテインの射出。それと合わせて最大十体のホムンクルスを創造しての一斉攻撃か。言っとくけど、それも無駄やで。七秒後にはお前を含めて全ホムンクルスが全滅や」

「なっ⁉」

ベルクールの宣言にオレは息を呑んだ。

どういうことだ。なぜ、オレの考えがバレた？

まさかリリムと同じ『読心術』のスキルか⁉　慌てるオレに、しかしベルクールは否定する。

「違うで。おそらくリリムと同じ『読心術』やと思ってるんやろう？　ワイが持つこれは、そんな不確かな情報とは比べ物にならへんで」

「なに？　どういうことだ？」

見ると、先程から攻め続けているミーナの攻撃はただの一度もベルクールに当たっていなかった。

それだけではなく、ミーナが攻める毎にその隙を縫うようにベルクールの拳がミーナの体に入り、確実に彼女の体力を奪っていた。

バカな、いくらベルクールがレベル３００を超えているとはいえ、同じ魔王に進化したミーナをここまで赤子扱いするなど、どこから攻撃が来るか分かっていなければできないはず。

だが、奴は『読心術』ではないと言った。では一体？　と、そこまで考えた瞬間、ある可能性がオレの脳裏をよぎる。

「まさか!?」

「そう、そのまさかや。ワイのこれは未来を見通すスキル、すなわち『予知』や」

ベルクールの答えにオレだけではなく、目の前で戦闘を繰り広げているミーナですら息を呑んだ。

そしてそれを証明するように、ベルクールは腕を組み、ミーナの光速に匹敵する拳打の嵐を悠然と躱《かわ》し続ける。

「これは本来、ワイの側近であった第五位の魔人リアのスキルや。せやけど、あいつからレベルと一緒にこのスキルも吸収させてもらった。今のワイに付け入る隙はない。文字通り完全無欠の魔王ということや」

再びベルクールの一撃がまともにミーナの体を捉えた。

彼女はそのまま壁に激突し、意識を失う。

その圧倒的な力を前に、オレは初めて目の前の男、魔王ベルクールに恐怖を抱いた。

違う。こいつは今までオレが戦ってきた相手とは、まるで力の次元が異なる。

それはレベルであり、備わった能力であり、全てが圧倒的すぎた。

今までも勝てるかどうか分からない状況、相手は幾度となくあった。

それでもオレは、相手に勝てるチャンスを探り続け、僅かな糸口を頼りに奇跡を手繰《たぐ》り寄せ勝利を収めてきた。

だが、今回ばかりはもはやそのような次元を超えている。

圧倒的レベル。読心術を超えた未来の結果を見通す『予知』。そして『魔王』の称号。

もはやどう立ち向かえばいいのか、そのビジョンさえ浮かばずにいた。

この異世界に来て初めて圧倒的絶望を前に膝を折るオレの耳に、一人の少女の声が届いた。

「にゃははは、さすがのお父様でもビビることってあるのだなー」

「リリム……？」

見ると、そこには全身傷だらけの状態でオレの前に立つリリムの姿があった。

「うんうん、お父様は気にしなくてもいいのだー。元々これは私とミーナ姉様、それにベルクール兄様の問題。そんな魔国の家庭内事情に私がお父様を――ううん、ユウキを巻き込んでしまったのだ。だから、もうここから先は無理にユウキは関わらなくていいのだー。あとは私達で勝手に処理するので任せるのだー」

「え、お、おい！　ちょっと待てよ！」

「その通りアル……ユウキ、お前はもう十分に私達の力になってくれたアル。あとは私達に任せ、ユウキはそこにいる魔女を連れてここから逃げるアル」

リリムと同様、いやそれ以上に満身創痍なミーナもオレに笑いかけ、リリムと共にベルクールへと向かう。

無論、今のベルクールにとってリリムやミーナの反撃など取るに足らぬ些事《さじ》であり、その悉くが軽くあしらわれ、同時に反撃の一撃を食らっては二人は地面に倒れる。

だが、何度倒れようとリリムとミーナは血反吐を吐きながら立ち上がる。

もはやこの状況からの勝利はない。

それは二人も分かっている。

それを分かっていてなお、二人は勝てないはずの敵に向かっていく。

全てはオレを逃がすために。

そんな二人の血を吐くような想いを見て、オレは自身の不甲斐《ふがい》なさに憤りを覚えた。

「……何が、もう勝てない相手だ……」

赤子の手をひねるようにミーナとリリムをあしらうベルクールを睨みつけ、オレは吐き捨てる。

「そんなの……とっくの昔に経験した相手だろうが……ッ」

やがて、もはや立ち上がる体力すらなくなって地面に倒れたままもがく二人へと、ベルクールが近づく。

「そうだよ、魔王ベルクール。オレはお前なんかよりももっと強い奴を、最強の〝魔王〟をこの体の中に入れてんだよ――ッ！」

そう叫び、オレは自身の内側の扉を開いた。

『ほお、思ったよりも早い再会だな。それで今度は何用だ、ユウキよ』

自らの内側。精神世界にてオレはそいつと――全身に真っ黒なローブを羽織った魔王の魂そのものであるガルナザークと対峙していた。

「力を貸してくれ。ガルナザーク」

単刀直入なオレの頼みに一瞬、ガルナザークが驚くように息を呑んだのが見えた。

だが、すぐさまその顔に笑みを浮かべると、これまでにない愉快な笑い声を響かせる。

『く、くくくくくっ！　いやはや、これは愉快だな。駆け引きや取引の類を持ってきたかと思えば、単純な懇願か！　はははは、まったくお前という奴はどこまで我を楽しませるのだ』

そうしてひとしきり笑ったところで、ガルナザークはオレを測るように見つめる。

『それで、なぜ我がお前を助けなければならないのだ？』

「知っていると思うが、今お前の娘であるリリムとミーナが窮地にある。二人を助けるためにお前の力を貸してくれ」

『ふむ、娘の窮地か……それならば我がお前に力を貸すとでも？』

オレの要求に対し、ガルナザークは思案するような素振りを見せる。

『甘いな。お前は本気で娘可愛さに我が動くとでも――』

「ああ、思っているぜ」

オレの断言にガルナザークは息を呑んだ。

一見、オレのしていることは取引や駆け引きともいえない、ただの情への訴えにしか見えないだろう。だが、勝算はある。なぜなら――

「お前、以前にオレがリリムにトドメを刺そうとした時、それを止めたよな。なんでだ？」

『…………』

オレからの問いにガルナザークは答えない。それを追及するようにオレは続ける。

「それだけじゃない。少し前のレスタレス連合国での騒動だ。あの時、お前はグルテルの街で人間に認められずにいたミーナの前に現れたよな」

『ああ、あれは実に滑稽であったな。人間と魔物が分かり合うなど甘い戯言《ざれごと》。それを知らしめるために我がわざわざ――』

「わざわざ悪役の振りをしてやったんだろう」

オレの答えに、今度こそガルナザークは言葉を失った。

「あの時、お前はわざとミーナやオレ達の前に現れてあんな行動を取った。一つにはミーナに対する試練のため。もう一つは人々の心を結束させるためだったんだろう。自分が悪者になることで、結果としてその自分を倒したミーナを『英雄《ゆうしゃ》』として人々に認めさせるために」

『何をバカなことを……』

「もちろん、証拠はないさ。けどな、不可解なことが一つある。お前、なんであの時誰も殺さなかったんだ？」

そう。ガルナザークがグルテルの街を襲撃した際、街の建造物などには被害があった。

だが、あの襲撃で死んだ人物は一人もいない。

魔王ガルナザークの襲撃であったにもかかわらずだ。

もちろん、単に運が良かったという見方もある。だが、それでもあの戦いの際、ガルナザークがどこかミーナを試すような戦い方をしていたことにオレだけは気づいていた。

それにあの戦いこそが、ミーナがレスタレス連合国で認められる要因となった。

「これはあくまでもオレの推測なんだが……以前、オレはこう言われた。称号を持つとその称号の影響を受ける、と。事実、オレはお前が持つ『魔王』の称号の影響で、以前とは少し異なる考え方や感情が表立つようになった」

『ほう？』

以前ザラカス砦で魔人ゾルアークと対峙した時や大和と対峙した時など、オレは明らかに『魔王』ガルナザークの影響を受けた感情を抱いたことを自覚している。

「これが称号の影響なのか、あるいはお前の魂がオレの魂と融合したことによる影響なのかは分からない。だが、オレの中にお前の感情や記憶が僅かに流れているのは確かな事実だ」

『くっくっくっ、だとしたらそれは愉快だな、ユウキよ。そうなればお前はいずれ我と同じ存在となり、この世界を恐怖と力で支配する魔王へと変貌し――』

「けどな。それって〝逆〟も言えるんじゃないのか？」

『……どういう意味だ？』

「つまり、オレが持つ人間的な感情。それがオレと融合したお前の中にも流れ始めてるんじゃないのか？　魔王ガルナザーク」

『…………』

そう。これがオレの抱いた勝算。

今、オレの中にいるガルナザークは、以前のガルナザークとは少し異なる存在のはずだ。

奴の影響でオレの怒りや憎しみなどの負の感情が表面化するのと同様、奴の中にも人を思いやる心、誰を大事にしたいという気持ち、オレがファナを――娘を守りたいという想いが現れているはず。

そんなオレの願いを否定するように、ガルナザークは鼻を鳴らす。

『くだらん。それで取引のつもりか？　やはり情に訴えての懇願か。話にならんな』

「そうだ。けど、それって何か悪いのか？」

『なに？』

「全く見知らぬ奴ならともかく、実の娘を助けてくれっていうのに、それ以上の理由が必要なのか？」

オレの問いにガルナザークは答えない。

やはりな。以前の奴ならば、ここでハッキリと拒絶したはず。

つまり、奴の中に確かに生まれているのだ。オレが持っている感情。人の『情』が。

『仮に我がお前を助けたとして、見返りはなんだ？　何もなしに魔王たる我を働かせるつもりか』

「ああ、それなんだが――オレの体をやるよ」

『……なに？』

「力を貸してくれたら、お前にオレの体を進呈してやる。欲しかったんだろう？　以前、オレの体を内側から乗っ取ってやる、って呪いながら吸収されたじゃないか。その望みを叶えてやるぜ」

オレの発言に、ガルナザークはらしくもなくポカーンと呆気に取られていた。

おお、こいつのこんな間抜けな姿、初めて見たな。

感心するオレをよそに、ガルナザークは腹の底からの笑い声を上げる。

『く、くくく、あーはっはっはっはっはっはっはっはっ！　愉快！　痛快！　爆笑よな！　器をよこすから力を貸せか！　そのような決断をする者などまずおるまいよ！　はははははははははっ！！』

「ツボに入ってくれたようで何よりだよ。で、どーするよ。魔王様？　力を貸してくれるか」

オレの確認に、ガルナザークは笑いをこらえながら静かに頷く。

『――よかろう。契約成立だ。だが、約束は忘れるなよ？　これが終われば貴様の体、我に明け渡してもらうぞ』

「ああ、喜んでお前にやるよ」

そうしてオレが差し出した手を、ガルナザークは静かに握り返した。

瞬間、この場を一つの闇が覆った。

それは文字通りの現象としての闇ではない。存在としての闇。

まるでその部分だけ墨汁で塗りつぶしたような異質な黒。世界に開けられた穴。

そんな格の違う存在が今この場に現れた。

それを目にした瞬間、誰もが息を呑み、動きを止め、その存在に目を奪われる。

「ふむ、この姿で現界するのも久しぶりか」

全身を真っ黒なローブで覆った黒い存在。

唯一ローブが外れた部分、顔に当たるところには――何もなかった。

そこにあったのは、虚ろな闇と呼ぶべき何か。そして、その闇の中にて爛々《らんらん》と輝く鮮血のような瞳。

見る者全ての魂を凍りつかせる異形の存在。

ノーライフキング——魔王ガルナザーク。

最凶の魔王が、オレのスキル『万能錬金術』により、ここに具現化していた。

「……パパ？」

「お、お父、様……？」

「お、親父殿……？」

そんなガルナザークの姿を見て、リリム、ミーナ、ベルクール、三人の子供達はそれぞれ信じられないといった表情で固まっていた。

「久しいな、リリム。ミーナ。ベルクール」

ガルナザークは足元に倒れたリリムとミーナを一瞥すると、その声色に愉悦の感情を含ませる。

「お前達は変わらぬな。いざという時に限って詰めが甘い。二人共、性格は生真面目とお調子者で正反対であるが、揃って情に弱い面があった。そこがお前達の弱点よな」

そう言って、しかしどこか嬉しそうに二人の様子を確かめると、ガルナザークはベルクールと向かい合う。

「さて、ベルクールよ。お前は実力も冷徹さも兼ね備えた完璧な我の継承者であった。だがしかし、さすがに今回ばかりはやりすぎであろう。魔国を統一するためにその魔国に存在する全ての魔物を吸収しては本末転倒であろう？　教えなかったか。魔王とは本来〝統べる者〟だと。無人の領地を統べたとてそれは王ではない。ただそこに存在する〝一匹の魔物〟だ」

「――はっ、現れて早々に説教かいな。本物か偽物かは分からへんが、もう親父殿の出る幕やないんや。役目を終えた役者はさっさと舞台から降りろや！」

そう言ってベルクールの姿が掻き消えると、瞬時にガルナザークの目の前に移動し、その顔面に拳を叩きつけた。

マズイ！　あの一撃を受ければいくらガルナザークでも⁉

オレのＨＰの六割を消し飛ばした攻撃に慌てるが、しかし次の瞬間この場に響いたのは、凍えるような魔王の声であった。

「なんだこれは？　拳骨《げんこつ》か？　やれやれ、何も分かっていないな、ベルクールよ。拳骨というのは親が子に対して振るうものだ。このようにな」

お返しとばかりに、ガルナザークがベルクール目掛けて拳を放つ。

一瞬反応が遅れたベルクールはそれをまともに受け、その威力のまま壁に激突する。

「がはッ⁉」

思わぬ反撃に焦りの表情を浮かべつつ、吐血するベルクール。

「バカな……！　ワイの一撃が、効いてへんのか⁉」

そんな彼を眺めながらガルナザークは告げる。

「ふむ、確かに今の一撃は効いた。我も70万ほどのダメージを受けたようだ。しかしな、一つ面白いことを教えてやろう、息子よ。私の生命力の最大値は――１０００万だ」

「なっ⁉」

で、出たーーー‼

ガルナザークさんのＨＰ１０００万宣言ーーー‼

並みの相手ならその数値を聞いただけで戦意喪失する、とんでもないＨＰ。

無論ベルクールもその数値は予想外だったのか、明らかに動揺した顔を見せる。

「加えて、私には『ＨＰ自動回復』というスキルがある。これは、一分あたりおよそ一割の生命力を回復させるものだ。先程のお前の攻撃で受けたダメージは、今会話している間に修復された。同じような攻撃をどんなに繰り返そうとも、私のＨＰが減ることはない。永遠にな」

「くッ⁉」

以前オレに告げたのと同じセリフを、ガルナザークはベルクールへと告げる。

敵の時は圧倒的絶望感だったが、それが味方となるとこれほど頼もしいことはない。

そんなオレに目線を送ると、ガルナザークが呟く。

「我がチャンスを作る。トドメはお前に任せよう、『勇者』よ」

「それは頼もしいことで、『魔王』ガルナザーク」

そうして、かつて戦い合った勇者と魔王が並び立つ。

そんなオレ達を前にして、ベルクールはこれまでにない覇気を身に纏う。

「はははは！　おもろいやないけ！　それくらいでないとこちらも張り合いがなくてつまらへんわ！　最強の魔王が誰か、ここで白黒つけようやないか！　なあ、親父殿ーッ‼」

咆哮と共にベルクールは地を蹴る。

ガルナザークは両手に生み出した黒剣でそれに対抗する。

一閃一閃、一撃一撃が交差するごとに、空間に亀裂を生むほどの衝撃が発生する。

先程のミーナとの打ち合いは前座であったのか、今やベルクールが振るう攻撃はオレやミーナではほとんど捉えきれない領域へと到達している。

しかし真にここで驚くべきは、そのベルクールの攻撃を事も無げに防ぎ続けているガルナザークについてであろう。

「どうした？　よもやあんな大見得《おおみえ》を切ってこの程度ということはあるまい、ベルクール。我もこの肉体を得るのは久方ぶりでな、まだ本調子には遠い。もう少し準備運動の幅を広げてくれてもよいのだぞ」

「ぐうううううッ！」

圧倒的威力の攻撃、音速を超えた神速。更にはこれから起こる未来を見通す『予知』。

しかし、それらを全て駆使してなお、ベルクールは攻めあぐねていた。

その理由は単純な力量の差だけでは決してない。少なくともオレの目からは、ベルクールとガルナザークの戦力にそれほど差はないように感じる。むしろ総合的な肉体能力はベルクールが上回っているかもしれない。にもかかわらず、ベルクールがガルナザークに届かない理由。それは単純なレベルやスキルだけでは到底測れない領域。すなわち、圧倒的『経験』の差。

魔王としてこの魔国を支配し、数多の戦を勝ち続け、混沌渦巻く魔国を統治し続けたガルナザークの戦いの記憶。

奴にとって、このような死地などすでに何度となく乗り越えてきたものなのであろう。

その証明か、ガルナザークはベルクールとの戦いを楽しむように笑う。

「そら、お前ももっと楽しめ。一生に一度の親子ゲンカであるぞ。この際、積もり積もった我《おや》への鬱憤《うっぷん》を全てぶつけてみよ」

「ッ、言われるまでもないわああああああッ!!　このクソ親父があああああああッ!!」

ガルナザークの挑発に応えるようにベルクールが渾身の一撃を放つ。

それはまさに時間を跳躍したかの如き一撃。

まばたきをする暇すら与えない、ベルクールの拳から放たれた光の一撃はガルナザークの半身を吹き飛ばし、消滅させた。

「ほお、これは驚いた。さすがにこれほどまでに体を削られれば、再生には時間がかかるな」

そう言って消し飛んだ体の左半分を右手で確かめるガルナザーク。無論、その隙を逃すベルクールではなかった。

「もろたで、親父殿ッ！　もはやその傷では全身の再生は間に合わないはず！　老兵はさっさと去ねやあああああああッ!!」

そう叫ぶと共にガルナザークの懐へ移動したベルクールが、再び光の拳を放とうとした瞬間――

「やれやれ、かつて教えなかったか、ベルクール。勝利の瞬間こそ、もっとも敗北に転じやすいと」

ガルナザークの右手に握られた剣が光速で動き、ベルクールの体を捉えた。

「ああ、覚えとるで。けど、そっちこそ忘れてへんか。今のワイには『予知』がある」

次の瞬間、ガルナザークの一閃は空を斬る。

見るとベルクールは一瞬でガルナザークの背後に移動していた。

あれはまさか『空間転移』！　あいつ、今のガルナザークの攻撃を『予知』で見ていて、逆に好機として狙っていたのか!?

そして放たれたベルクールの手刀が、ガルナザークの背中を貫いた。

「ぐッ……！」

「終わりや、親父殿」

勝利を確信するベルクール。だが、ガルナザークは胸を貫かれながらも、その顔に確かな笑みを見せた。

「貴様こそ何か忘れていないか、相手は私だけではないのだぞ」

その言葉の後を引き継ぐように、オレはベルクールの背後へと駆ける。

すでにベルクールはガルナザークを貫くために右手を使い、ここからの迎撃はできないはず。

このために自らを囮《おとり》とし、チャンスを作ってくれたガルナザークに応えるように、オレは全ての力を聖剣に込め、ベルクールへと向かう。

「──ああ、それも『予知』済みや」

だが、ベルクールはその顔に笑みを浮かべる。

と、同時にそれまで隠していた左手をオレの方へと突き出す。それは先程ガルナザークの左半身を消し飛ばしたあの光の拳。

「そんな浅い作戦がワイに通じると本気で思ったのか？　仮に予知がなくても、お前らの戦術はお見通し。これで終いやッ！」

勝利を確信して吼えるベルクール。

しかし、オレは構わず突進する。それを自棄《やけ》と見たのか、ベルクールはあざ笑う。

だが、これは自棄でも、ましてや絶望しての突貫でもない。

ガルナザークは必ずチャンスを作ると言った。ならば、オレはその言葉を信じる。

それは絆や信頼などではない。奴と戦ったオレだからこそ分かる事実。

オレは誰よりも魔王ガルナザークの力を信じているのだから──！

「な、に――!?」

刹那、ベルクールの左手が音もなく地に落ちた。

肘から先を切り落とされた自らの腕を見て、呆然自失となるベルクール。

そんな奴をあざ笑うようにガルナザークは告げる。

「くっくっくっ、ベルクールよ。最後に一つ、お前のミスを教えてやろう。お前は自らの『予知』を絶対だと思っているようだが、そうではない。そもそも予知とは、現在の状況から発生する未来の予測を見たもの。つまり現在の状況とは無縁の――突然〝その瞬間に現れた現象〟に対しては『予知』が働く隙はない」

「ど、どういうことや!?」

何を言っているのかと困惑するベルクールに、ガルナザークは答えを告げる。

「今貴様の腕を切り飛ばしたのは、先程我が放った過去の斬撃。すなわち、〝この未来の瞬間に飛ばした斬撃〟よ」

「なっ！」

そのとんでもない答えに思わずベルクールは叫ぶ。

「ば、バカなッ!?　ありえへん！　そないなことできるはずが――!?」

「できる。それを可能とするのが我、ガルナザークであるぞ」

狼狽《ろうばい》するベルクールへとガルナザークはハッキリと告げる。

こいつ、オレと戦っていた時はどれだけ舐めプをしていたんだ。

今更ながら、こんな奴を吸収していたなんて我ながらゾッとする。

だが、この瞬間においてこいつほど頼りになる魔王《あいぼう》は他にいなかった。

ベルクールの背後へと迫ったオレは持てる力の全てを聖剣に注ぎ、それを高く掲げる。

慌てて回避しようと身をよじるベルクールの体を、ガルナザークが羽交い締めにする。

「おっと、どこへ行く？　ベルクール。せっかく腹を割って話をしているんだ。もっと親子の仲を深めぬか？」

「グッ!?　は、放せ！　放せ親父殿ーー!!　このままでは親父殿も共に――！」

「構わぬさ。我のこの体は所詮かりそめのもの。それにこれが終われば、我はあやつの器をもらう約束をしたのでな」

それを聞いて焦るベルクールだが、片腕を失った状態で決死のガルナザークの束縛より逃れる術はない。

「よせ、やめろおおおおおおおおお!!　ミーナ、リリム、親父殿！　貴様らは何も分かっていないんや！　今ここでワイが全てを呑み込み魔国を統一する以外に、魔国が生き残る道はない！　それ以外に、これから起きるあれを――〝奴〟の襲来を回避することなどできるわけがないんやあああああああッ!!」

「うおおおおおおおおおおッ!!」

そうして、ベルクールの叫びを無視してオレが放った聖剣の一撃が、ベルクールの体を切り裂いた――

◇　◇　◇

「リリム様ー！　ミーナ様！　万歳ー！」

「魔国はお二人の力によって統一されましたー！」

「いや、魔国を統一したのはあの方――『魔王』の魂を継承したユウキ様であるぞー！」

後日。ベルクールとの死闘を終えたオレ達は、襲撃されたミーナの領地イゼルの復興を手助けし、それが終わるとリリムの領地であるウルドへと戻った。そこにはすでにアゼルの支配者であったベルクールを倒したオレ達の活躍が届いており、ウルドの住人達はお祭り騒ぎであった。

「しかし、こうなるとイゼルとウルドのどちらを首都とするのか」

「そんなの決まっているだろう！　ユウキ様が支配するこのウルドこそが魔国の首都にほかならぬ！」

「しかし、ミーナ様は魔王の称号を得たと聞く。同じ称号持ちならば、魔国でも安定した統治をなさるミーナ様のイゼルを首都とした方が魔国の繁栄に繋がるのではないか？」

「何を言うか！　そもそもベルクールを倒したのはユウキ様の手柄だと――」

あちらこちらで、このウルドを首都とするかイゼルを首都とするかの論争が起きている。

中には、オレとミーナのどちらが魔王として魔国を統治するべきかという議論もある。

そんな彼らの姿を見て、オレ達と共にウルドに来たミーナが宣言する。

「聞くアル！　この魔国にいる魔物達よ！　此度の魔国統一の戦いにおいて最も功績を挙げたのは、ここにいるユウキアル！　私が魔王の称号を得られたのもユウキのおかげアル！　故に私はこれから先、ユウキの傍で彼の統治の手助けをするアル！　魔国を統治するべきは私ではなくユウキアル！　首都に関しても、ユウキが相応しいという場所を首都にするまで！　これ以上無意味な議論は必要ないアル！」

ミーナがそう告げると、魔物達は一気に静まり、すぐさま「ハッ！」と跪く。

うーむ。さすがはイゼルの女王。

というか、やっぱりオレよりもミーナの方が支配者に向いてるんじゃ？　と思わなくもない。

「にゃははー、さすがはお姉様なのだー。なんだったら、お姉様とユウキの二人で魔国の統治をするのが一番じゃないのかー？」

「ば、バカ者！　何を言っているアル、リリム！　私とユウキ二人で一緒に統治など、そ、それはつまり、そのぉアルなぁ……」

と、何やら顔を赤くしてモジモジし出すミーナ。

そんな姉の様子を見ながら、いつもの能天気な笑みを浮かべるリリム。

そして、背後より呆れたようなため息が聞こえる。

「やれやれ、我の娘ながらニブいものだ。無論、両方な」

そこには、オレと全く同じ姿をした男がいた。

「そこは親であるお前が教育すべきことじゃなかったのか？　ガルナザーク」

「フンッ、余計なお世話だな。そもそも我がこやつらに何かを教育してやった記憶などない。そんな暇もなく勇者に敗れたのだからな」

そう、これは『万能錬金術』によって生み出したオレのホムンクルスに宿ったガルナザークその人である。

ガルナザークはそんな自らの体を見つめながら苦笑する。

「それにしても……貴様も随分と詐欺《さぎ》めいた真似をするな。ユウキ」

「嘘は言ってないだろう。約束通り〝オレの肉体〟をお前にやったんだから」

もちろん、本体ではなくオレの分身の肉体だが。

さすがに、ベルクール戦の時のようにノーライフキングの姿を現界させ続けるのは無理がある。

結局あの後すぐガルナザークの肉体は消失し、その魂はオレの中へと還った。

「まあ、いいだろう。肉体があるだけ随分とマシだ。それにこの器さえあれば、以前のように好き勝手ができるのだからな」

そう言って、ガルナザークはレスタレス連合国での騒ぎを思い出させる邪悪な笑みを浮かべる。

それに一瞬、ミーナやソフィア、裕次郎達が緊張した顔になるが、オレはあっけらかんと答える。

「ああ、その時は前と同じようにオレやミーナ、リリム達で成敗してやるから安心しろ。言っとくが、それでお前のその肉体が壊れても、オレはもう新たにお前の肉体を用意してやるつもりはないからな。失敗してまたオレの中に魂を封じ込められるのが嫌なら、慎重にやれよ」

「……フンッ」

オレの返答に不愉快そうに鼻を鳴らすガルナザーク。

まあ、こいつも本気ではなかっただろう。最近少しずつだが、こいつの扱いにも慣れてきた。

そんなことを思いながら、オレ達はウルド城へと入り、最上階を目指す。

途中ブラックに頼み、眠ったままのファナを連れてきてもらった。

目的は言うまでもない。

この最上階に存在する封印の間である。

ベルクールを倒した際、奴の体に刻まれていた封印の印はオレの中へと移っていた。

そして今、オレの前には以前も見た巨大な扉――封印の間へと続く門がある。

「よし。それじゃあ、リリム、ミーナ。頼む」

「任せるアル」

「分かっているのだー」

二人は頷き、オレと共に扉に触れる。その瞬間、三人の手の甲に封印の印が現れ、それが光り輝く。

やがて光が収まると同時に、扉が開く。そして、その先にあった光景に、オレは思わず息を呑む。

「これは……!?」

そこは古びた研究室のような場所だった。

様々な財宝や研究器具、魔道具などが保管されていたが、オレが目を奪われたのは部屋の中央。

巨大なテーブルの上にたった一つだけ置かれた透明なガラスの箱である。

大きさは両の手のひらに収まる程度。だが、問題はその中身。

透明なガラスケースの中にある〝それ〟を見た瞬間、オレだけでなくイストやブラック、リリム、ミーナも息を呑んだ。

「そう――これこそが我が秘匿《ひとく》し続けた重要な代物――〝虚ろ〟だ」

そう。透明な箱の中に収まっていたのは、闇よりもなお深い虚空。

ファナの右目に宿った、あの〝虚ろ〟であった。

「ガルナザーク、お前……! 〝虚ろ〟を持っていたのか!?」

「五百年ほど前に少しな。〝ある男〟との戦いの際に、この〝虚ろ〟を手にした」

「ある男?」

「気にするな。その男はもはやこの世界には存在しない。故に二度と〝虚ろ〟に関わることもないであろうと思っていたが……まさか、その娘が〝虚ろ〟を持っていたとはな。正直驚いた」

そう言ってガルナザークは、ブラックの背中で眠るファナを見据える。

そういうことだったのか。その『ある男』というのが気になるが、これでガルナザークが〝虚ろ〟のことを知っていた理由が分かった。

だが、問題はこれでどうやってファナを治療するのか？　オレがそうガルナザークに問いかけると、奴はくだらないとばかりに鼻を鳴らす。

「フンッ、簡単なことであろう。その娘の体調が崩れた原因は、おそらく右目に宿った〝虚ろ〟のエネルギー不足。異なる環境に移動したことによって安定していた力が崩れたのか。あるいは一定のタイミングで力を補給しなければならないのかは知らないが、ともかく何らかの原因で右目に寄生した〝虚ろ〟が娘の生命エネルギーを吸収し始めたのだろう。ならば、その足りない分の〝虚ろ〟を補ってやれば娘の体調も戻るはずだ。そこにある〝虚ろ〟を使ってな」

なるほど。確かにそれならば、ファナを助けられるかもしれない。

オレは念のため、イストに今のガルナザークの意見について確認する。

「儂は以前、ファナの右目に宿る〝虚ろ〟に対して『解析』を行ったが、詳しいことは分からなかった。それでも右目に宿った〝虚ろ〟がファナの体力を奪っていたのは事実じゃ。奴の言うように、それは足りない分の力を他から奪うような節があった。そこに保管された〝虚ろ〟がファナの右目に宿るものと同じならば、確かに今の方法で容態は安定するかもしれぬ」

そう言ってイストは、すぐさま箱の中に入っている闇に『解析』を行う。

すると、以前ファナの右目に『解析』を行った時と同様に彼女のスキルが弾かれる。

それを見てイストは「間違いなく。ここにあるのは〝虚ろ〟じゃ」とオレに頷く。

「…………」

オレはテーブルに置かれた透明な箱を静かに手に取り、床に寝かされたファナへと近づく。

それから彼女の右目にかかっている髪を払うと、ゆっくりと透明な箱の蓋を開いた。

すると、箱の中に眠っていた〝虚ろ〟がまるで生き物のように鳴動し出し、ファナの右目に吸い込まれて消えていく。

やがて、荒い息をして眠っていたファナの呼吸が整うと、何事もなかったかのように目が開く。

「……パパ……？」

「ファナ！」

「気がついたのか、ファナよ！」

「主様！　やりましたね！」

「おめでとうございますっす！　ユウキさん！」

ファナが目覚めると同時にイスト達が歓喜の声を上げる。

一方で当のファナは、何のことか分からないとばかりにキョトンとしていた。

「え、ええと、私……確か、眠っていて、それで……パパ達がどこかに連れてきてくれて、えっと……あ、あれ!?　ぱ、パパが二人いる!?　な、なんで!?」

オレの後ろで腕を組んで知らんぷりをしているガルナザークを見て驚くファナ。

「ははは、まあ、ファナが眠っている間、色々あってな。そうそう、実はパパの友達が増えたんだ。それも含めて色々お話ししてあげるよ」

「はいはーい！　私はユウキの娘のリリムなのだー！　よろしくなのだー！　ファナー！」

「え、えっ⁉　パ、パパの娘⁉」

「こら、リリム。お前はややこしいことを言うなアル。ああ、ちなみに私はミーナ。このリリムの姉アル」

「あ、は、はい。こちらこそ、よろしくです……」

気づくと、ファナを中心に和気あいあいとした空気が流れていた。

よかった。やっぱりファナがいるとオレの心が満たされていく。

そうして、オレの日常を取り戻せたのだと実感した瞬間――

「⁉　ダメ！　皆、私から離れて‼」

ファナが突然叫び声を上げる。

何事かと驚く暇もなく、ファナの右目に宿った〝虚ろ〟から黒い闇が噴き出した。

「あ、ああああああああああああッ‼」

その闇は壁の一角に移動すると、巨大な穴のようなものを形成する。

それだけではなく、穴の向こう側からぼんやりと人影のようなものが現れ始める。

なんだあれは？　オレがそう口にしようとした瞬間、ファナが全身を震わせながらオレの腕にしがみつく。

「い、嫌……ど、どうして……どうして、あなたが……」

その表情はかつてないほど怯えきっていた。

そして、それはファナだけではなかった。

「ば、バカな……なぜだ……なぜ貴様が……」

その内の一人――オレと同じ姿をしたガルナザークが、見たこともないような表情で震えていた。

いや、あの表情は恐怖だ。

まさか、そんなことがありえるのか？　あのガルナザークが恐れるほどの何かだと？

そして、残るもう一人。ある意味でその人物の反応こそが、オレにとって最も意外であった。

「そんな……ありえぬ……なぜ、なぜお主がここに……？」

それは魔女イスト。

驚きと恐怖、そして、僅かばかりの嬉しさ。そんな正負入り混じる様々な感情を、彼女はその顔に浮かべていた。

そんな三者の視線の先、闇の扉より一人の男が姿を現した。

「……ようやく繋がったか」

その男――銀色の長い髪をなびかせ、魔術師のような出《い》で立《た》ちをした男。

一瞬、女に見まがうほどの美貌の持ち主であったが、その人物を目にした瞬間、真っ先に目を奪われるのはその瞳であろう。

そう、まるで深い海を思わせる青い瞳。

人の感情を持ち合わせていないかのような冷酷な氷の視線。一瞬目が合っただけで、オレはかつて感じたことのない寒気を全身に感じた。

オレは男から視線を外すことなく、隣にいるイストに声をかける。

「イスト、どういうことだ。お前、あいつを知っているのか？」

そう問いかけると、イストの口より信じがたい答えが返ってくる。

「あやつの名は……パラケルスス・フォン・ホーエンハイム。かつて『賢者の石』と呼ばれるアイテムを創造し、異世界へと渡った賢者。そして、儂が長年捜し続けた人物——儂の父親じゃ」

父？　イストの？

呆気に取られるオレであったが、謎の男——ホーエンハイムはそんなオレの思考を停止させるほどの、とんでもないセリフを吐いた。

「捜したぞ、ファナ。貴様の〝虚ろ〟は私の物だ」

凍えるようなホーエンハイムの宣言。

この男の来訪によって、オレの、いやオレ達の運命は混沌と渦巻くこととなるのであった——

小国バルファレストの第六王子レオンは、父である王の死をきっかけに、王位を継いだ兄によって追放され、さらに殺されかける。しかし実は彼は、二千年前に四英雄と呼ばれたうちの一人、獅子王ジークの記憶を持っていた。その英雄にふさわしい圧倒的な力で兄達を退け、無事に王城を脱出する。四英雄の仲間達も自分と同じようにこの時代に転生しているのではないかと考えたレオンは、大国アルファリシアに移り、冒険者として活動を始めるのだった――

◉定価：本体1200円+税　◉ISBN 978-4-434-27775-7
◉illustration：紺藤ココン

この作品に対する皆様のご意見・ご感想をお待ちしております。
おハガキ・お手紙は以下の宛先にお送りください。

【宛先】
〒 150-6008 東京都渋谷区恵比寿 4-20-3 恵比寿ｶﾞｰﾃﾞﾝﾌﾟﾚｲｽﾀﾜｰ 8F
（株）アルファポリス　書籍感想係

メールフォームでのご意見・ご感想は右のＱＲコードから、
あるいは以下のワードで検索をかけてください。

アルファポリス　書籍の感想　検索

ご感想はこちらから

本書は Web サイト「アルファポリス」（https://www.alphapolis.co.jp/）に投稿されたものを、改題・改稿のうえ、書籍化したものです。

神《かみ》スキル『アイテム使用《しよう》』で異世界《いせかい》を自由《じゆう》に過《す》ごします 2

雪月花（せつげっか）

2020年 10月 2日初版発行

編集－仙波邦彦・宮坂剛
編集長－太田鉄平
発行者－梶本雄介
発行所－株式会社アルファポリス
〒150-6008 東京都渋谷区恵比寿4-20-3 恵比寿ｶﾞｰﾃﾞﾝﾌﾟﾚｲｽﾀﾜｰ8F
TEL 03-6277-1601（営業）　03-6277-1602（編集）
URL https://www.alphapolis.co.jp/
発売元－株式会社星雲社(共同出版社・流通責任出版社)
〒112-0005東京都文京区水道1-3-30
TEL 03-3868-3275
装丁・本文イラスト－にしん
装丁デザイン－AFTERGLOW
印刷－図書印刷株式会社

価格はカバーに表示されてあります。
落丁乱丁の場合はアルファポリスまでご連絡ください。
送料は小社負担でお取り替えします。

ISBN978-4-434-27782-5　C0093